新潮文庫

神の悪手

芦沢 央著

新潮社版

11900

目次

神の悪手

弱い者

その手につかまれた駒《こま》は、妙に大きく見えた。

細い三本の指がつまみ上げるように宙づりにした駒が、ぽとりと盤に落とされる。連想したのは、ショッピングモールのゲームコーナーで幼い頃に目にしたクレーンゲームだった。ぬいぐるみを絶妙なバランスで持ち上げるものの、水平移動させる間に力尽きて落としてしまう、華奢《きゃしゃ》な三本の爪《つめ》だ。

最後までは運びきれないように計算して設定されていながら、一応は持ち上げられることで期待を抱かせるその台に、父は何枚もの百円玉を投入しては悪態をついていた。あーもう、はらわりぃ。くそ、バカ、何だよこれ。

苛立《いらだ》ちともどかしさを浴び続けたぬいぐるみのように、落とされた駒は力なく斜めに傾いている。

だが、辛うじて枠の内側に収まったそれは、そのぎこちなさとは不釣り合いに正しく鋭い手だった。

☗4五歩《ふ》。

上手《うわて》の金銀を前に出させず制圧する、飛車角落ちの定跡だ。こちらは金を上げるものの、すぐさま銀を進められて位を確保され、さらに3筋を突かれる。

なるほどな、と俺は唇を舐《な》めた。

これは、まず間違いなく定跡を知っている人間の手だ。この後は二歩突っ切りか銀多伝か、どちらにせよこちらの駒組を妨害するつもりなのは確かで、このまま流れに乗ってしまえば壁銀を呑《の》まざるを得なくなり、上手が厳しくなる。

あるいは指導対局であれば、あえて乗ってあげるというのもありかもしれないが、ここでそれはさすがにつまらないだろう。

俺は、まずは5五歩止めで、相手に問いかける。

君がやりたいことはわかっている。これで望む形をあきらめるのか、それともあくまでも突いた歩の顔を立てるのか、どちらだ。

目の前の少年は、ただ盤上だけを見つめ続けていた。予想外の返しに動揺している顔でもなく、これへの対応策は知っていると張り切る顔でもない。まるで、この世界には存在しないものを映しているような、二つの黒い虚《うつ》ろな穴。

年齢は十一、二歳――小学六年生くらいだろうか。

華奢な肩から伸びた腕は細く、被災後に美容院ではないところで切ったのか、どこか不揃《ふぞろ》いな髪からのぞく耳は初々《ういうい》しい。黒い半袖《はんそで》のパーカーのサイズが合っていないせいで余計に身体《からだ》の小ささが強調されているが、濃い眉《まゆ》は意思の強さを表しているように見える。

少年は、淀《よど》んだ空気を動かさないような静かな手つきで飛車をつかみ、4筋に据えた。落とされた駒が、盤上に小さな波紋を広げていく。

俺は、口角をわずかに上げた。

タダ捨ての歩を角で取らず、飛車を利《き》かせた上で金銀を盛り上げて位ごと奪還するというのは、たしかに棋書に載っている定跡の一つではある。だが、覚えることが多くてややこしく、定跡からも逸《そ》れやすい。一度逸れてしまえば純粋な棋力での捻《ひね》り合いになり、下手《したて》には難しい戦いになる。

――だが、面白い。

互いに銀を繰り出す手を続けた後、こちらがふいに端歩《はしふ》を突くと、少年の目がほんのわずかに動いた。そこから凍結していたものが溶け出すように輪郭が揺らぎ、やがて腕が伸びて駒をつかむ。

先ほどよりも大きく広がった波紋を見つめながら、胸が高鳴るのを感じた。

この子は、違う。定跡をきちんと押さえた上で、変形に対応できるセンスもある。ギリギリのところで蛮勇になりかねない危うさもあるが、その粗削りさも含めて、感じさせるのは可能性だ。

俺は桂馬《けいま》を跳ね、少年を見据えた。さて、これにはどうする。

少年は二分ほど考え込んでから、こちらの提案を呑んでくる。

ほお、という声が出そうになった。

この子は、大人しそうな外見に反して、かなり強気なタイプらしい。

俺が指したのは、力戦へと誘う一手だった。定跡から逸れて棋力での捻り合いになるけもの道と、定跡によって整備された道が残されている。拒めば一手損するものの、こちらが飛車角落ちである分、少年の優位は変わらない。

そして、少年が目先の一手損を怖がったわけではないことは、指し手を見れば明らかだった。この子は、きちんと先を読んでいる。先人の足跡に守られないことの意味も理解している。

——この子はこれから、きっともっと強くなる。

俺は用意していた手をすぐさま返し、少年の頬をじっと見つめた。少年は、表情こそ動かさなかったものの、微《かす》かに前のめりになる。

その姿に、感慨にも似た安堵《あんど》が浮かんだ。やはり来てよかったのだ、と。

俺が避難所に指導対局をしに行くという案を出したとき、真っ先に上がった反対意見は、もっと他にやるべきことがあるんじゃないか、という危惧《きぐ》だった。

今被災者が必要としているのは水や食糧や衣類であって、将棋なんて腹の足しにもならないものを持ち込んだらかえって迷惑をかけるんじゃないか。復興支援をしたいのならば、既にやっている募金活動やチャリティーイベントを通した寄附を増やす方が、よほど為《ため》になるんじゃないか。

無論、他の棋士たちが復興支援に消極的だというわけではなかった。むしろ誰もが被災地を案じ、自分にできることは何でもしたいと考えていた。ただ、避難所に将棋を指しに行くという案が、本当に妥当なのかがわからなかったのだ。

だが、実際に被災地の自治体に連絡を取ってみたところ、予想以上に好意的な反応が返ってきた。スケジュールや段取りの詳細がトントン拍子に決まり、地震発生から二カ月後には実現できることになったのだった。

話が早かったのは、復興支援に将棋を使う活動をしているＮＰＯ団体の講演を聴いたことがある人が、自治体の職員の中にいたからでもあった。

そのＮＰＯの代表である杉崎《すぎさき》さんは、かつて自らが被災した際、子どもたちが避難所の体育館で走り回ってうるさいという苦情に、運営スタッフの一人として対応したことがあったらしい。テレビやゲームで大人しくさせようにも、電気がない。トランプやすごろくを渡しても、すぐに飽きてしまう。どうしたものかと考えていたときに、静かに将棋を指している親子を見かけて思いついたのだそうだ。

将棋ならば、電気を使わない。一度ルールを覚えてしまえば、飽きずに延々と遊ぶことができる。

ちょうど宮内冬馬《みやうちとうま》の活躍による将棋ブームが始まった頃で、将棋が指せる被災者に将棋教室を開いてもらったところ、これが見事にハマり、子どもたちは黙々と将棋盤に向き合うようになった。被災者同士の交流もでき、騒音への苦情も激減したという。

そうした経験から、杉崎さんは将棋盤と駒を持って避難所へ行くという活動を始めたそうで、その流れで我々棋士による復興支援イベントも杉崎さんのＮＰＯと連携して行うことになったのだった。

まず杉崎さんたちが先に行って将棋教室を行い、将棋のルールを教えておく。そして次に我々が行って多面指しによる指導対局と将棋大会を開催する。

参加者たちのトーナメント戦の傍らで自分と石埜《いしの》女流三段が指導対局を行うという

形で、敗退した人が順次指導対局に加われるようにすることで、できるだけ長い時間イベントに参加してもらえるようにと考えたものだった。最後に俺が優勝者と一対一で対局し、賞状と将棋盤と駒を贈呈することになっている。

石埜は今年二十二歳、つい先日女流棋将戦と清玲《せいれい》戦を制したばかりの期待の女流棋士だ。面倒見の良さから後輩たちに慕われ、礼儀正しさと人懐《ひとなつ》こさから棋士たちにもかわいがられている。

見た目が愛らしく、解説の聞き手としても気が利いているということで以前からファンも多かったが、ここ一年でタイトル戦を二つ制したこともあって、盤上でも注目度を上げた女流棋士の一人だった。

ただし、女流棋士と棋士とでは、レベルが格段に違う。女流棋士のトップでも奨励会に入れば三段まで上がるのがやっとで、いまだ女性で棋士になった人間はいないのだ。

今の奨励会がどうだかは知らないが、俺がいた頃は「女に負けたら坊主《ぼうず》」という罰ゲームがあった。

女流棋士という「受け皿」がある女と、棋士になれなければプロへの道が断たれる男とでは、切実さがまったく違う。そもそも女は、自分で稼げるようになる必要もない。脳の構造だって男と女では違うというではないか。女に負けるなんて坊主になるより恥ずかしい。女なんかに貴重な昇段の枠を奪われてたまるか——口から唾《つば》を飛ばして吐き捨てる人間は何人かいたが、俺自身は別に目くじらを立てるようなことでもないだろうと思っていた。

奨励会に女がいれば、それだけこちらは勝ち星を稼ぎやすくなるのだから。

石埜は現在、奨励会三段リーグに在籍している。ここで上位二名に入れば初の女性棋士だと騒ぐ声も聞こえるが、現実から考えてそれはないだろう。

一期目は大きく負け越し、二期目も昇段ラインにかすることさえなかった。三期目となる今期は来月から始まるが、その直前の時期を将棋の研究ではなくイベントの準備に使っている。

とはいえ、石埜が参加表明をしてくれたのは、このイベントにとってはありがたいことだった。俺だけが動いていたときは、まあ、北上《きたかみ》先生だから、と言われていた声が聞こえなくなったのだ。

北上先生が言うならそうなんだろう。北上先生ならば受け入れられるかもしれない。

そうした言葉を何度かけられたかわからない。

それは、俺がかつての「被災者」だったからだ。

俺が被災したのは、今から二十八年前、十歳になったばかりの秋のことだった。

地震による津波で両親を失った俺は、避難所ではひたすら将棋を指していた。

将棋を指していれば、黙って座っていることをそういうものとして許された。

盤の前では、笑わなくても、泣かなくても、しゃべらなくてもよかった。

次にどんな手を指すか、相手はどんな手で来るかだけを考えていれば、時間が過ぎていった。

俺は、起きている時間のほとんどすべて――時に夢の中でも将棋と向き合い続けた。

相手がいれば対局し、いなければ他人の対局をじっと見つめ、他の時間には譲り受けた名局集の棋譜を延々と並べた。食事中や寝る前には必ず頭の中で詰将棋を解いていた。

それは、後に叔父の家に引き取られることになってからもだ。

あの日々がなければ、自分は棋士になることはなかったと断言できる。――棋士になれたのが幸せなことかはわからないが。

少年が、銀をつかんだ。

先ほどと同じ手つきで落とされた場所を確認すると、自然と口元が緩む。

今度はそうきたか。

「強いね」

俺は思わず話しかけていた。

少年が顔を上げ、微かに目を瞠《みは》る。周囲からは、おお、というどよめきが上がった。

今回のイベントの参加者たちだ。

三十八人のうち、半数が年配の男性で、残り半分は数人を除けば子どもばかりだった。

おそらく、若い男性や女性は避難所の運営や瓦礫《がれき》の片付け、食事の支度などの役割から抜けにくいというのもあるのだろう。その辺りの事情は、俺にもよくわかる。

指導対局をしたときの感触では、参加者のほとんどが将棋を覚えたばかりのようだった。定跡はおろか、銀を横に動かしてしまったり、王手放置をしてしまったりする人も少なくなく、指摘して手を戻してあげると、じゃっ、ほんとだ、と目を丸くしたり、ありゃ、なんたらや、と自ら苦笑したり、と忙しかった。この手はいいですね、と褒めると、こちらが驚くほどに喜び、あと三手で詰みますから、ちょっと考えてみましょう、と声をかけると、身を乗り出してうんうん唸《うな》った。

基本的には最後に詰ませてあげて、負けました、とこちらが頭を下げるようにした。パアア、という音が聞こえそうなほど顔を輝かせ、ありがとうございます、と言われると、将棋の楽しさを少しでも伝えられただろうかと、微笑《ほほえ》ましい気持ちになる。どの人も本当に楽しそうで、石埜も、こんなに喜んでもらえるなんて、と嬉《うれ》しそうにしていた。

ほとんどが指導対局というよりも将棋教室という方が近い形だったが、中にはかなり指し慣れている人もいた。平手を希望して最近流行している戦術で挑んでくる人もいたし、アマの大会でそれなりの成績を収めたという人もいたはずだ。

少年はこの中で勝ち上がって優勝したのだ、と思うと、何だか少し胸が空《す》くような思いがした。

この駒の扱い方からして、おそらくみんな最初は侮《あなど》っただろう。だが、将棋を知る人であればあるほど、手が進むにつれて少年の実力に気づいたはずだ。

おそらく、この少年はきちんとした将棋教室には通わずに将棋を覚えたのだろう。だから駒の扱い方と実力に駒の持ち方も教わらずに定跡を覚え、対局を重ねてきた。だから駒の扱い方と実力にこれほどの開きがあるのだ。

そういえば、対局開始時の挨拶《あいさつ》でも、少年は「よろしくお願いします」とは口にせず、お辞儀をしただけだった。将棋教室では、必ず教えて守らせる礼儀だ。

「よろしくお願いします」と「負けました」は、絶対にきちんと口にしなければならない。特に負けたときにそれを自ら認める言葉を口にするのは、悔しく屈辱的だからこそ、欠かしてはならない儀式なのだった。

どの大会でも子どもが活躍すれば盛り上がるものだが、ここでも同様にギャラリーは沸き立っている。少年が考え込むたびに、けっぱれ、という声援が飛び、少年が好手を指すたびに、おお、と感嘆の声が上がった。

少女のように華奢で愛らしい顔をした少年は、スター性もたっぷりのようだった。宮内冬馬も、強さだけでなく容姿でも注目されているが、この子はその再来となるかもしれない。

俺の「強いね」という言葉にも浮き立ったのはギャラリーの方で、当の少年は応《こた》えることはせずに小さく黙礼した。

今いくつなの、と尋ねようとして思いとどまる。

いくら復興支援イベントとしての記念対局とはいえ、勝負の場だ。年配の棋士の中には指しながらしゃべる人もいるが、俺も対局中に相手に声を出されるのは得意ではない。

静かに歩を打ちながら、読みを進めた。

ここまでの手はある程度想定の範囲内だが、この先はあまり予想がつかない。定跡はまったく存在しない流れだし、俺自身見たことがない局面だ。

もはや、これまでの指導対局のように意図的に勝たせてあげる気はなかった。そんなことをしなくても、もうこの少年は将棋の面白さを知っている。ここまで指せる相手に、そんな手加減をしようものならかえって失礼だ。

たとえここで負けたとしても、この子がそれで折れてしまうことはないだろう。むしろ、奮起するきっかけになるかもしれない。

自分が、プロに対してどの程度通用するのか。自分には何が足りないのか。この子ならば、勝っても負けても、この対局から何かを学んでくれるはずだ。

少年は、首を捻って時計を見た。

今回の対局では、帰りの飛行機の都合上、持ち時間各一時間と定めている。少年は既に四十分以上使っていたが、俺はまだ五分ほどしか使っていなかった。

少年が会釈《えしやく》をして席を立ち、トイレへ向かう。ギャラリーは恭《うやうや》しく道を開け、少年の背中を見送った。

暗黙の了解のように誰もが声をかけずにいる中で、一人の男が少年に歩み寄り、肩を抱く。

「なあ、いつまでやってんだよ」

その親しげながら苛立ちが混じった声に少年は答えず、歩を速めた。

――あれは誰だろう。

俺は男を見つめる。

歳《とし》の頃は俺と同じくらいのようだから、三十代半ばだろうか。友達にしては歳が離れすぎているように思える。将棋仲間だとすれば不思議ではないが、あの男は今回のイベントには参加していなかったはずだ。

男はトイレの前まで少年についていったものの、ギャラリーの視線に居心地の悪さを感じたのか、そそくさと立ち去った。

――父親だろうか。

考えてみれば、俺の中学の同級生の中にも、もう父親になっている人間は何人もいる。若くして結婚していれば、あのくらいの歳の子どもがいてもおかしくはないのだ。

戻ってきた少年は、対局前に戻ったような暗い目をしていた。周囲をすべてシャットアウトするような透明な膜が、全身を覆《おお》っている。

――この子は、何を失ったのだろう。

ふいに、そんな疑問が浮かんだ。

肉親か、家か、友人か、そのすべてか――だが、その問いに意味などないことはわかりきっていた。ここにいる人間で、何も失っていない者などいない。そしてその傷の大きさなど、本人以外には――いや、本人にも推し量れないからだ。唐突に大切なものを奪われる。その衝撃を真正面から受け止めることを本能が拒絶する。目を向けてしまえば飲み込まれる。振り落とされてしまう。それを望む一方で、完全に押し潰《つぶ》されるまでの苦痛と、途中で踏みとどまってしまうかもしれない恐怖に身が竦《すく》む。

しがみつくことができるのは時間だけで、それにさえも容易《たやす》く裏切られる。何も進まない。何も薄れない。そう感じられるような停滞の中で、引きずり込まれて姿を消した人間を、俺は何人も知っている。その死は復興の流れに掻《か》き消されて表立って報道されることはなかったけれど、あの場所ではたしかに一個人の名前を持って語られていた。

死んでいると騒がれて避難所から運び出されていった門倉《かどくら》さんは、被災して以降何も食べていなかったらしい。

赤野《あかの》さんという大学生が首を吊《つ》ったせいで、三階の図工室前の男子トイレが一時期使えなくなった。

俺自身、今でも時折、引きずられることがある。

どれだけ時間が経《た》ち、他の地域でもたくさんの災害が起こり、周囲から忘れ去られようとも、ふいに蘇《よみがえ》る記憶はあまりにも鮮明で、自分はどこにも進んでいないのだと思い知らされる。長く長く歩き続け、遠くまで来たつもりでも、結局のところ抜け出せてなどいなかったのだと。

それは時間が経つほどに大きく、強く自分を打ちのめす。

少年は盤の前に座り、唇を引き締めた。

そして再び、盤上に沈み始める。

これで終わりだ、という局面が来たのは、対局開始から一時間ほど経った、午後四時過ぎのことだった。

少年が攻方での九手詰めがある。☗2四桂打、☖同龍、☗3四角、☖同龍、☗2二金、☖1三玉、☗1四歩、☖同龍、☗2五桂で決まりだ。

特に手を抜いたつもりはなかった。棋戦での対局のように、持ち時間を目一杯使って丹念に読み進めるということはしなかったものの、一手一手、きちんと妥当だと思われる手を指し、少年が緩手《かんしゅ》を指せば容赦なく咎《とが》めた。

その中でここまで来たのだから、これは少年の実力だ。

この歳でプロに指導対局ではなく二枚落ちの真剣勝負で勝ったというのは、充分に誇っていいことだろう。これからも将棋を続けていく上で励みになるはずだ。

俺は棋譜を思い出しながら、全身が温かいもので満たされるような満足感を覚えていた。

これは、いい将棋だったと言えるのではないか。レベルという意味でもそうだし、面白さという意味でも、見所の多いスリリングな戦いだった。

詰みに気づいている人間はギャラリーの中には数人しかいないようだが、あと数手進めば、気づく者も増えていくだろう。

棋士同士の対局であれば、既に投了している局面だった。

俺は棋士の中でも往生際《おうじょうぎわ》悪く粘る方だが、それでもここまで来ればさすがに投了せざるを得ない。

だが、投了せずに少年の手を待った。

復興支援イベントとしてこの場にいて、将棋を覚えたてのギャラリーが周囲にいるからだ。最後の最後、詰んだところまで指して投了というのが、初心者にも一番わかりやすい。

少年は、一心に盤上を見つめている。

おそらく読みに漏れがないか確かめているんだろう、と思うと、好ましく感じた。

気を抜かず、調子に乗らず、最後まで集中力を保って向き合い続ける。このくらいの年頃では珍しいほどの胆力だ。

実際のところ、最後の最後でミスを犯してしまう人は少なくない。詰んでいないのに詰んでいると勘違いして思わぬ反撃に遭うとか、詰みがあるのに気づかずに別の手を指して形勢を逆転されてしまうとか、そうしたミスはプロでも秒読みの中ではまま起こることなのだ。

それに、この詰みは連続して駒を捨てなければならない怖い手でもある。もし詰めきれなければ巻き返せないほどの大損をしてしまう以上、慎重にならざるを得ないのは当然と言えば当然だ。

少年の目が、駒をなぞるように動き、さらに盤上の端から端までをさらうように動いた。

そして、一通りの確認を終えると、ゆっくりと腕を持ち上げる。

俺は居住まいを正し、応える準備をした。☗2四桂打、☖同龍――と進み、次の展開を頭の中で思い浮かべる。

だが、少年の手は、駒台ではなく、盤上へ伸びた。桂馬で龍を取り、腕を太腿《ふともも》の上へ戻す。

え、という声が喉《のど》の奥に吸い込まれた。

――まさか、詰みに気づかなかったんだろうか。

たしかに、一見龍を桂馬で取って大きく駒得《こまどく》したくなるような局面ではあるが、それではせっかくある詰みが消えてしまう。

周囲からどよめきが聞こえた。

思わず顔を上げると、意味がわからないのか目をしばたたかせている者もいるが、実力がある人間は一様に頭を抱えている。

俺も、頭を抱えたくなった。

少年の顔が見られない。きっと今頃、自分が詰みを見逃したことに気づいてショックを受けているだろうと思うと、いたたまれなくなった。

――これだけの棋力があって、こんなにも簡単な詰みを見逃すなんて。

信じられない思いだったが、それは誰よりも少年自身が痛感していることのはずだ。

自分は今、何をしてしまったのか。

たとえ指した瞬間には気づけなかったとしても、これだけギャラリーがわかりやすい反応をしているのだから、気づかないはずがない。

俺は、少年をかばうためというよりも、動揺している自分自身を宥《なだ》めるために、誰にでもうっかりということはある、と内心で言い聞かせた。

いわゆる、思考のエアポケットというやつだ。

プロだって、読んで、読んで、読んだ挙げ句にうっかり二歩をして反則負けをしてしまったりする。不用意なのではなく、あまりに用意周到に考えすぎるからこそ、通常ではありえないようなとんでもないミスを犯してしまうのだ。

ああ、という嘆息が周囲から響き、え、何、なしてさ、と尋ねる声が続く。いやね、今詰まし損なっちまったのさ。ひそめられた声は、けれど俺の耳にも届いた。つまり、少年にも聞こえていないわけがない。

このままの盤面を晒《さら》し続けているのが忍びなくて、俺は次の手を指した。盤上の景色ががらりと変わる。

——これで、また形勢はわからなくなった。

少年は、盤を見つめたまま固まっている。

そこには、わかりやすいショックや落胆は表れていなかった。だが、ショックを受けていないはずがない。この局面でこんなミスをしてしまえば、命取りになりかねないのだ。

やがて、少年は持ち時間に促されるようにして、次の手を指した。失態を何とかカバーするための一手だ。

すぐさま脳裏に返しが浮かんだものの、わずかに躊躇《ためら》う。

――ここでこの手を指せば、形勢は完全に逆転してしまう。

この少年相手に手を抜くようなことはすまい、と思ってきた。けれど、これで少年が負けた場合、それはこのイベントにとってどういうものになるのか。

純粋に実力で負けるのならば、まだあきらめもつくし、発奮する材料にもなるだろう。だが、こんな負け方では、後悔しか残らない。

被災し、大切なものを失い、深く打ちのめされているだろう少年に、そんなことをしていいのだろうか。

しかし、ここで手を緩めれば、少年が気づく。

とんでもないミスをして、それで手加減されて、お情けのような勝利をもらったとして、それでこの少年は喜ぶことができるのか。

俺は悩んだ末に、結局第一感として浮かんだ手を指した。

どうか、と祈るような気持ちが浮かぶ。どうか、何とか挽回《ばんかい》してくれ。

少年は、五分ほど考え込んだ後、俺が少年でもそう指すだろうという手を返してきた。周囲で安堵と感嘆のどよめきが上がる。

俺も、その二つの感情を抱いていた。

怖いのは、ミスそのものよりも、ミスをしてしまったことに動揺してさらに悪手を重ねてしまうことだ。そうした意味で、この手ひどいミスから五分で立ち直ってみせた少年は立派だ。

少年は、辛抱強かった。既に持ち時間を使い切ってしまっているにもかかわらず、勝負を投げ出すでも、集中を途切れさせるでもなく、考慮時間をギリギリまで使って好手を積み重ねてくる。

俺も手を抜くことはなかった。心持ち、一手に時間を長めにかけるようにはしたものの、少年に勝ちを譲るために手を変えることはせずに進めていく。

おそらく、この場にいる誰もが祈るような気持ちでいるはずだ。このまま、少年に勝ってほしい。それが無理でも、せめて、先ほどのミスとは関係がないような局面まで進んでから勝敗が決してほしい、と。

それから、どのくらい手が進んだだろうか。

泥仕合のような様相を呈してきた局面の中で、ふいに少年が妙手を指した。

どよめきと同時に拍手が起こり、俺も小さく息を漏らす。

——この子は本物だ。

高揚が、じんわりと身体の内側に戻ってくる。

時計を見ると、午後四時半を回っていた。予定よりも長引いてしまったものの、ちょうどいい頃合いだ。これで少年が勝ち、俺は表彰式をしてから帰る。

むしろ、先ほどの詰みで勝敗が決していたよりも、よほど感動的な展開になったとも言える気がした。

すべてを投げ出したくなるような局面でも、辛抱強く、前に進めば、やがて道が開ける。

まるで、この場におあつらえ向きの展開ではないか。

俺は、深く息を吸って肺を膨らませながら、避難所を見渡した。

体育館一杯に敷き詰められた青いビニールシートと布団《ふとん》、ぎゅうぎゅうに押し込められた大量の人と荷物——その上に、二十八年前の光景が重なる。

ずっと、なぜ自分が生き残ったのだろう、と考えてきた。

自分以外の誰もが、少なくとも自分よりは生き残る価値があったように思えてならなかった。

神なんていないのだ、と思った。もしいたとしても、そこには意思はない。生死を分けたのは冷酷な無作為で、あの日自分が助かったのは何らかの選択の結果ではなく、ただの運でしかなかった。

だから将棋だったのかもしれないですね、とカウンセラーから言われたことがある。将棋には、運が割り込む余地がない。相手の駒がどこにあるのかも持駒が何なのかも見えていて、手を読むのに必要な情報はすべて与えられている。常に秩序があって、予想できないような酷《ひど》いことは起こらないから安心できたのではないでしょうか、と。

叔父と叔母は納得したようだったが、俺自身は、この人は何を言っているんだろう、と思っていた。

将棋は、秩序を壊すゲームだ。

収まるべきところに収まって安定した駒たちを、一手一手、混沌《こんとん》へ向けて動かさなければならない。

一ターンに動かせるのは一つのみ。それを攻めに出るために使うのか、守りを固めるために使うのか、常に選択を迫られる。速度のバランスをわずかでも見誤れば、機を逃す。隙《すき》を咎められる。

そして、まったくミスをしなかったと思えるような対局など、一度もしたことがないのだ。

盤上では、予想できなかった酷いことが起こり続けていた。必死に積み上げてきたものが一瞬で崩され、すべておまえのせいだと突きつけてきた。おまえが弱いから負ける。おまえは何も守れない。

だから俺は、強くなりたかった。とにかく勝ちたかった。みっともないと笑われようと、相手が間違える可能性がゼロにならない限り粘り続け、美学など欠片《かけら》もない奇襲戦法であろうと使えるものは採用してきた。

勝ってさえいれば、存在が許される。

向けられる視線が、自分の輪郭を作ってくれる。

だが、それでも俺は、一度もタイトル戦に出場したことはない。四段になったのが二十三歳のとき、それからの十四年間、チャンスを逃し続けてきた。

最も上まで行ったのは、二十九歳の頃だ。挑戦者決定戦に臨み、あと一勝でタイトル戦の舞台に進めるところまで行っておきながら、当時既に別のタイトルを三つ持っていた国芳《くによし》名人の前に敗れた。

そのときは、次がある、と思った。ここまで来られたのだから、もっと努力すれば次は手が届くはずだ、と。

けれど、翌年は挑戦者決定リーグに入れることさえなく終わり、その後も、大事な一戦に限って落とした。

足踏みを続けているうちに、自分よりも若くキャリアも浅い後輩たちに追い抜かれ、彼らが着々と実績を積み上げていく傍らで、特に歴史に名を刻むこともなく、ただピラミッドの土台に飲み込まれてきた。

いつか見返してやるという思いは、年々萎《しぼ》んでいった。

あのときが唯一《ゆいいつ》のチャンスだったのではないか。結局、俺はここまでの人間だったんじゃないか——

そう疑い始めると、もうダメだった。

ここ一、二年は、以前ほど努力することさえできず、ついに今期はB級2組から降級した。

自分は、この世界に何も残せないのかもしれない、という諦念《ていねん》が泥のように全身に絡《から》みついていた。このまま、生き延びた意味も刻めずに、余生のような日々を潰していくしかないのだ、と。

——だが。

俺は、目の前の少年を見つめた。腹の底から、熱いものが込み上げてくる。

このためだったのではないか。

こうしてこの少年と出会い、将棋を指すために、俺は生き延びたのではないか。

少年は、おそらく現時点でアマ四段ほどの実力があるだろう。奨励会の入会試験は合格できるだろうし、その先できちんと鍛錬を続ければ棋士になることも夢ではない。

まだ大きな大会への出場経験がないのなら、俺が推薦人になってもいいし、本人が望むなら師匠として面倒をみてもいい。

将棋によって生かされた自分が、避難所で出会った将棋少年の師匠になり、棋士を生み出す。

まるで、定められていた運命のようではないか。

次の手を指して顔を上げると、ギャラリーの中にいた石埜と目が合った。石埜も頬を紅潮させてうなずいている。

あとは、少年が飛車を成るだけだ。

そうすれば、この先の詰み手順は、今度こそ間違えようがないほど単純なものになる。

秒読みの中で少年が腕を持ち上げ、飛車をつかんだ。俺はその拙《つたな》い手つきを見つめ、落とされる駒の先を目で追い——息を呑む。

「え」

今度こそ、声が出ていた。

盤上では、飛車が、不成《ならず》で転がっている。

——何を。

少年の顔を見ると、少年は無表情のままでいた。感情が大きく動きすぎて表情が追いつかないのか、それとも頭が真っ白になってしまっているのか、顔を上げることすらせず、盤上に目を向け続けている。

もはや、うっかりだとも思えなかった。先ほどよりもわかりやすい形だし、何より、もう二度と先ほどのようなミスは犯すまいと心に誓っているはずだからだ。

いくら持ち時間が切れているとはいえ、そもそもこの局面で飛車を三段目まで上げておきながら成らない理由はどこにもない。

——それとも、駒の扱いに慣れていないせいで手が滑ってしまったのだろうか。

指導対局ならば、待ったをありにして、指し直させてあげたいほどのミスだった。

だが、この場ではそんなわけにもいかない。

どうすればいいかわからずにギャラリーを見ると、何人もが顔を手で覆っていた。

俺は、第一感として浮かんだ手を読み進め、その後、別の手も考えていく。普通の自分ならばこう指す、という手は既に決まっていた。それでも、なかなか腕が伸びない。

自分は、何のためにここに来たのか。

それを問われているような気がした。

ここでこの少年がこんな負け方をすることは、少年のみならず、今回のイベントに参加してくれた人全員の心を挫《くじ》くだろう。

ただ勝負の場にふさわしい手を指したいというだけで、少年を最悪の負け方に追い込むのは、結局のところ自分のエゴでしかないのではないか。

気づけば、持ち時間を十五分も使っていた。

ボランティアが帰る気配を感じて、焦《あせ》りが浮かぶ。

早く指さなければならない。とにかく早く終わらせなければならない。

もはやこのまま投了してしまいたいほどだった。しかし、さすがにここで投了したのでは収まりが悪すぎる。

俺は結局、単に逃げるだけの手を指した。

本来ならば絶対に指さないだろう悪手だ。

考えに考えて指したはずなのに、駒から指が離れた途端に後悔が襲ってくる。本当にこれでいいのか。これは、少年を裏切る手ではないか。

だが、その一方で、これでもどうせ詰まされないかもしれない、という気もしていた。絶対に勝ってやるという思いでいるのなら、一度目はともかく、二度目のミスはあり得ないはずだからだ。

少年が、ちらりと体育館の出入り口を見た。盤面に顔を戻し、小さく息を吐く。

その手が駒台へと伸び、置かれた。

ゆっくりと、少年が頭を下げる。

「え？」

何をされたのかわからなかった。

周囲でも、一気にざわめきが広がる。

この子は、その動きの意味をわかっているんだろうか。駒台に手を置いて頭を下げることは――

「投了？」

ギャラリーから戸惑い混じりの声が聞こえる。

少年は太腿の上で自らの手を繋《つな》ぎ合わせたまま、目を伏せていた。周囲の声は聞こえているだろうに、否定もしない。

その取り澄ました表情に、カッと頭に血が上った。

——どうしてだ。

かなり厳しい形勢とはいえ、まだ挽回する方法がないわけではなかった。そうした道を残すために、自分はたった今、悪手を選んだのだから。

なのに、なぜ——

期待したからこそ、失望が大きかった。

この子はもっと胆力があるのだと思っていた。一度目のミスからは見事に挽回してみせたのだ。今度だってあきらめさえしなければ、勝つことだってできたはずなのに。

ここが避難所での将棋大会でなければ、叱《しか》りつけたいくらいだった。

最後まで全力を尽くせ、君に負けた他の参加者に対しても失礼だろう、と。

「いやあ、惜しがったなあ」

ギャラリーの一人が、沈んだ空気を払おうとするように言った。

「だげんと、大したもんだよ。プロ相手にここまでやれだんだから」

「すげがったよなあ。久しぶりに興奮した」

俺は目をつむって苛立《いらだ》ちを抑え、意識的に口角を上げる。

「今いくつなの？」

できるだけ柔らかな声になるように気をつけたつもりだった。けれど、少年は身体《からだ》を強張《こわば》らせ、深くうつむく。

「将棋はいつからやってるの？」

戸惑いながらも問いを重ねたが、これにも少年は答えないままだった。

俺は、少年の顔に深い影を作っている長い前髪を見つめる。

――まさか、口がきけないのだろうか。

そういえば、一度も少年の声を聞いていなかった。初めの挨拶でも、少年はお辞儀をしただけだったし、こちらの問いかけにも、途中でトイレに立った際に声をかけられたときも、返事をしていなかった。

挨拶を口にしなかったのは、きちんと教わっていないからなのだろうと思っていた。問いに答えなかったのも、対局に集中しているからなのだろうと。

しかし、もしかしてそうではなかったのだろうか。

強い精神的なショックを受けることによって声が出せなくなることがある、というのは聞いたことがあった。——被災したというのは、それに当てはまりすぎるほどの出来事だ。

俺が口を噤《つぐ》むと、少年が席を立ち、代わりに運営スタッフの一人がやってきた。

「北上先生、お疲れ様でした」

深く頭を下げて労《ねぎら》われ、「どうも」と返す。

「すみません、時間が押してしまって」

「なんもなんも、こっちはいいんですよ。でも、帰りのお時間は大丈夫でしたか？」

スタッフは心配そうに眉尻《まゆじり》を下げた。

俺は腕時計を見下ろし、「はい」とうなずく。

「今出れば、何とか」

本当はきちんとした表彰式でも、と思っていたけれど仕方ない。ここで帰れなくなってしまったら、結局のところ迷惑をかけてしまう。

「石埜さん」

俺が呼びかけると、石埜はそれを予想していたようにすばやく飛んできた。

「賞品は準備できています」

「じゃあ、あの子に渡してすぐ失礼しようか」

石埜に差し出された賞状と将棋盤と駒を受け取り、少年の元へ向かう。賞状に書き込まれた塩原涼《しおはらりょう》という名前を確認し、「塩原くん」と呼びかけた。

少年が振り返る。

「これ、本当はきちんとした表彰式をしたかったんだけど」

少年は開きかけた口を閉じ、首を振った。

賞状と賞品を受け取り、深く腰を折るようにしてお辞儀をする。そのまま立ち去ってしまいそうな雰囲気を感じ、あ、と思った瞬間には、「奨励会に入らないか」と口にしていた。

少年と石埜が同時に振り向く。

二つの驚いた表情に、俺自身も驚いた。

俺は、何を言っているんだろう。

たしかに対局中は、この子の師匠になってもいいと考えた。だが、突然お粗末な投了をされて、腹を立てていたはずなのに。

耳の裏が微《かす》かに熱くなるのを感じながら、いや、と目を伏せる。

「いきなりこんなことを言われても困るよな。すぐには判断なんかできないだろうし、もちろん今すぐ決めてくれっていう話でもないんだけど、とにかく君みたいな強い子が埋もれてしまうのはもったいないと思って」

自然、口調が速くなる。

「えっと、知っているかもしれないけど、奨励会というのは棋士の養成所みたいなところなんだ。入会して例会で勝ち進めば級位が上がって、四段に昇段すればプロになれる」

少年が、戸惑ったように視線をさまよわせた。

「入会試験を受けるには棋士の推薦が必要だけど、もし他に当てがないようならば俺が引き受ける。例会は東京と大阪の将棋会館でやるから、地方出身者の多くは近くで一人暮らしをするか下宿をする。地元に住んだまま例会のたびに遠征してくる子もいるけれど、どちらにしても金銭的な負担があるから、まずは君さえよかったら一度親御さんに話させてもらえないかな」

頰までもが熱くなっていく。

こんなことを言ってどうする気だ。この子にそんな気があるのか？　俺は、本当にこの子の面倒を見るつもりなのか？

「あなたはどうしたい？」

石埜が少年に視線を合わせて尋ねた。

「とりあえずお金のこととかは置いておいて、将棋のプロになりたいっていう気持ちはある？」

少年は怯《おび》えるような顔をしたものの、俺と石埜を交互に見てから、一度うつむき、数秒して顔を上げる。

こくり、と真っ直《す》ぐにうなずいた。

その、今日目にした中で一番強い力を持った瞳《ひとみ》に、ぐるぐると回り続けていた思考がすっと落ち着く。

——ああ、そうだ。

俺は、もったいないと思ったのだ。

終盤を鍛えれば、この子はもっと強くなれるのに、と。

あきらめないことの大切さを教えたかった。投了した場面からでも、本当は挽回する道があったのだと指摘したかった。可能性にしがみつくのは恥ずかしいことではないのだと——

「お父さんと話すことはできるかな？」

石埜の言葉に、対局中、トイレに向かう少年に話しかけていた男の姿が脳裏に浮かんだ。

『なあ、いつまでやってんだよ』

苛立ちをぶつけるように、どこか甘えるように、少年の肩に腕をかけていた男。

あの男がこの子の父親なのだとしたら、これからこの子が将棋に専念できる環境が整えられることはないだろう。

あの男は将棋には理解も興味もなさそうだったし、わからなくても応援しようという気持ちも感じられなかった。

あるいは、状況が落ち着けばありえるかもしれないが――だが、それはいつのことになるのか。

見たところ、少年は小学六年生くらい――華奢《きゃしゃ》な中学生だと言われればうなずけるくらいの歳に見える。奨励会には年齢制限がある以上、入会するのは早いほどいいというのに。

顔を上げると、視界にプライバシーなど存在しない空間が飛び込んできた。段ボールの衝立《ついたて》は腰を上げれば顔が出てしまうほどに低く、気休め程度にしかならない。

今日のイベントによって、この避難所にいる将棋好きの人間と面識ができたかもしれないが、この子にとっては実力が下の相手ばかりだ。

――このままでは、この子の成長はここで止まってしまう。

腕時計を見下ろすと、飛行機の時間が迫っていた。

父親に対してするべき話の段取りを考えながら、焦燥を感じる。順を追って話さなければ、下手をすると詐欺《さぎ》だとすら思われかねない。しかし、今はそんな時間がない。

――今日のところはこのまま帰って、落ち着いて情報を集めてから出直すべきかもしれない。

俺も、今は舞い上がってしまっている可能性が高い。一呼吸おいて、冷静になって考えた方がいいのではないか。この子にもゆっくり考える時間が必要だろう。

少年と、目が合った。

その途端、再び心がぐらりと揺れる。

俺は、このままこの子を放って東京へ帰って、後悔しないと言えるだろうか。

次にいつ、ここに来られるかもわからない。父親を説得するには、将棋大会で優勝した直後というこのタイミングを逃す手はないのに。

何より、遅くなればなるだけ、棋士になれる可能性は低くなるのだ。

本当にこの子を育て上げるつもりなら、何よりもまず、落ち着いて将棋に専念できる場所を作ることが肝要だ。避難所を出て、奨励会の例会に通いやすい場所へ――ふいに、内弟子、という案が浮かんだ。

俺が内弟子として引き取って、面倒をみる。

それなら毎日好きなだけ将棋に打ち込めるようになるし、この子の親に金銭的な負担をかける選択を迫らずに済む。

今時、内弟子を取っている棋士などいないし、自分にきちんと面倒がみきれるかと問われれば、正直自信はない。だが——

「内弟子にならないか」

少年が目を見開いた。

石埜の方からも、息を呑む音が響いてくる。

「これは、もし君が望んで、親御さんも承諾してくれたらの話だが、俺としては君を東京の家で引き取って面倒をみてもいいと思っている」

自分の言葉に、気持ちが固められていくのがわかった。

「引き取ると言っても、もちろん養子にするとか、そういう話じゃない。最近は聞かないけど、昔はよくある話だったんだ。棋士の家に何人もの内弟子が住み込んで、家の手伝いをしながら将棋を教わる。棋士になれるまでの期間限定のことで、プロとして自分で稼げるようになったら、うちを出て一人暮らしをすればいい」

少年は、言葉の意味を受け止めきれないというように目を泳がせる。その様子に、もちろんこれも今すぐに決めろという話じゃないよ、と続けようとしたときだった。

少年が、かさついた唇を小さく開く。

「それなら、すぐにここから出られますか」

一瞬、誰が口にしたのかわからなかった。

一拍遅れて、目の前の子どもが発した言葉だと気づく。

この少年——いや、この子は少女だ。

後頭部を強く殴られたような衝撃に、言葉が出てこなくなる。

女の子——

塩原涼、と書かれていた名前が蘇る。

たしかに、男の子でも女の子でもあり得る名前だった。それに——俺はこの子の容姿を見て、少女のようだと思った。

だが、それでも、女の子かもしれないなんて考えもしなかったのだ。

「いや、あの……君は、女の子だよね？」

「女だとダメですか？」

少女が、強い口調で尋ね返してくる。

俺は口ごもった。背中を嫌な汗が伝い、落ち着かなくなる。

「さすがに女の子を内弟子にするわけにもいかないし……」

少女の目が、汚れた布で拭《ぬぐ》ったかのように曇った。

先ほどまで消えていたはずの膜が、再び少女の全身を覆う。

俺は慌《あわ》てて口を開いた。だが、何を言えばいいかわからない。

少女は身体を揺らすようにして会釈《えしゃく》をし、立ち去っていった。

あ、という声が喉の奥に吸い込まれる。

少女の姿が見えなくなるまで、俺は立ち尽くすことしかできなかった。

「ダメっていうか……」


避難所を出ると、辺りはもう暮れかけていた。

借りた自転車で石埜と併走していく。

ため息を吐き、代わりに息を吸い込むと、津波の臭いがした。蒸発した海水と、魚の死骸《しがい》、船や車や家から流れた油の臭《にお》いが入り混じった、重く、胸が悪くなる臭い。

俺は、これを知っている、と思う。

——俺は結局、何をしに来たのだろう。

先ほども浮かべた思いが、また別の形で浮かんだ。

被災者の気晴らしになるどころか、あの子を不用意に傷つけた。こんなことなら、来ない方がよかった——

北上先生、と石埜が呼びかけてきたのは、自転車を降りたときだった。ここから先は迎えに来てもらう車で空港へ向かうことになっている。

辺りを見回したところ、連絡が上手《うま》く届かなかったのか、まだ車の姿はなかった。

「あの子のことなんですけど」

躊躇いがちな石埜の声に、口の中が苦くなる。

「あの子には変に期待を抱かせてしまって悪いことをしたと思ってるよ。でも、女の子を内弟子に取るわけにはいかないだろう」

「それは、そうですけど」

石埜がうつむいた。

その何か言いたげな表情から視線を外し、足元へ落とす。

「……たしかに、内弟子の線は無理だとしても、せめて親に話すくらいはしてみてもよかったかもしれないな。対局中に話しかけてきていたあの男が父親なのだとしたら、説得するのは難しいだろうが」

「いえ……それなんですけど」

石埜は、少し言い淀《よど》むようにしてから、音を立てて息を吸った。

「私、北上先生が対局している間に聞いたんですけど、あの人、彼女の父親なんかじゃないらしいんです」

「え？」

俺は顔を上げる。

「じゃあ、あの男は……」

「東京から来たボランティアらしいです。本当の父親は、日中は瓦礫《がれき》の片付けのために避難所の外で働いているそうで」

ボランティア──その言葉が、あの姿と上手く繋がらない。

「いや、でも、あんな昔からの知り合いみたいに……」

「あの子、実は別の避難所から移ってきたらしいんです。前の避難所で、知らない男の人が夜中に布団の中に入ってきたことがあったみたいで……それで、男の子みたいな格好をして声を出さないようにしているんだって、スタッフの人が言っていました」

「布団に入ってきたって……それは犯罪じゃないか」

「警察が機能していないんですよ。周りも自分のことで精一杯だし、本人もプライバシーとか、これからも同じ空間で生活し続けなきゃいけないことを考えると訴えにくいって……私も、今日ここに来る前に気をつけろって言われて調べたんですけど」

でも、と返す声が微かにかすれた。

「父親がいるなら、あのボランティアの男のことも父親に相談すれば……」

「言いづらいんじゃないでしょうか。前の避難所のときみたいに決定的な出来事があったならともかく、怖いことが起こりそうだから不安だという話をしたって、それでまた避難所を移れるかどうかはわかりません。もし移れることになったとしても、知り合いが多い避難所から出てきて苦労している父親に、さらに負担をかけることにもなります。もう迷惑はかけられない、自分さえ我慢すればって、そんなふうに考える気持ちは……わかる気がします」

あの男は、父親なんかではなかった。あの子は、男につきまとわれて困っていた。

脳裏に、美容院ではないどこかで切ったのかと感じた不揃《ふぞろ》いな髪が蘇《よみがえ》る。

――あの髪は、女の子であることを隠すために切られたものだったのではないか。

頬がカッと熱くなった。

どうして気づかなかったんだろう。

あの場にいて、現場を目にしていたのに。

違和感は、何度も覚えていたはずなのに。

「だけど、だったらどうしてあの男はあの子が女の子だって……」

「着替えとかトイレとか、覗《のぞ》こうと思えばいくらでも方法があるみたいです」

石埜が、顔を歪《ゆが》めて言う。

俺は、今来た道を呆然《ぼうぜん》と振り返った。

あの子は、そんな中であの対局に臨んでいたのか。

そう考えた瞬間、電流のようなものが全身を駆け抜ける。

――だからだったのではないか。

ずっと、あの子がどうして二度も詰みを逃したりしたのかわからなかった。

だが、今の話を聞いて、彼女が突然投了したのがボランティアが帰ってすぐだったことを考えれば、自《おの》ずと答えは見えてくる。

――彼女は、自分の身を守るために、対局を続けていたのだ。

勝ち進んでさえいれば、イベントに参加し続けることができる。

いくら他の人が見て見ぬふりをしたとしても、対局相手だけは、対局のために、自分を守ってくれる。

だから、詰みを逃してでも対局を引き延ばした。

いい、いい、いい、いい――

――あのボランティアの男が帰るまで。

詰みに気づいていながら、あえてそれを外して不本意な手を指すなんて、悔しくなかったわけがない。

負けたくない、強くなりたいと鍛錬を続けてきた人間でなければ、あれほどの力はついていないというのに。

それでも、あの子はそんな将棋指しとして当然の思いを曲げてまで手を変えた。

――それは、どれほどの恐怖なのか。

俺はここに来て、自分もこれを知っている、と何度も思った。

同じ経験をした自分にはわかるのだと。

だが、俺は、何をわかっていたというのか。

「こういうときは、弱い者にストレスのはけ口が向かうんだそうです」

「そんな、弱い者って……」

反射的に返しかけた言葉の先が、喉の奥を塞《ふさ》ぐように詰まる。

俺は、気づいてしまう。

自分が、あの子の容姿を少女のようだと思いながら、それでも少年だとしか考えなかったこと。

そこには、強いのだから男の子に違いないという先入観がありはしなかったか。

そして、男の子であってほしい、という願望が。

男の子ならば、一緒に棋士を目指せる。これからいくらでも伸びるし、もっともっと強くなる。

内弟子の話を引っ込めたのも、独身男性である自分が引き取るわけにはいかないというだけではなかった。

たしかに自分は――そのことに思い至るよりも前に、落胆していた。

なんだ、女か、と。

「北上先生」

石埜が、意を決したように口を開いた。

「やっぱり私、もう一度避難所に戻ってもいいですか」

俺は、声を出せないまま、石埜を見る。

「私、避難所での性被害を防ぐために活動している団体のホームページを見てきたんです。まずは、あの子のお父さんと避難所の運営スタッフの方に相談してきたいと思います」

石埜は硬い声音で言いながら、自転車の向きを変えた。ぐんぐんと力強く離れていく石埜の背中を、身動きもできずに眺める。

俺は、自らの手を見下ろした。

先ほどまで駒をつかんでいた指。その上に重なるように、あの子が飛車を不成のまま落とした瞬間のぎこちない指の形が浮かぶ。

――結局、あの対局は何だったのだろう。

身体から力が抜けていくのを感じた。代わりに、重い疲労感が押し寄せてくる。

あれは、将棋大会の優勝者との記念対局なんかではなかった。

自分と少女は、同じ将棋盤を挟みながら、まったく別のゲームをしていたのだ。

俺は、普通の将棋を――そして彼女は、ボランティアの男が帰るまでの時間、対局を終わらせない、という戦いを。

そう、考えた瞬間だった。

小さく呑《の》んだ息が、肺に取り込まれて背筋を伸ばす。

顔が、来た道を振り返っていた。不本意な手を指して負けた彼女を不憫《ふびん》に思う気持ちが、繋がりや名前や意味を失ってなおそこにある瓦礫を前に霧散する。

——あの子は、負けていなかった。

将棋では、たしかに俺が勝った。

けれど、あの子はあの子で、彼女自身の戦いの中で勝利していたのだ。

背後から、車のタイヤが立てる悲鳴のような音が聞こえてくる。

振り向くと、灰色の車が瓦礫の奥から回り込んでくるのが見えた。

反射的に逃げ出したくなって、そんな自分に驚く。

この車は、俺を迎えに来た。俺は、帰らなければならない。だが——

ぞろりと、腹の底で何かが蠢《うごめ》くような気配を感じて、俺は自分の中にある感情を認めざるを得なくなる。

ああ、そうだ。ただ、それだけなのだ。

——俺は、あの子と将棋が指してみたい。

あの子が別の戦いを強いられることがなければ、どんな手を指すのかが、見てみたい。

車が停まり、運転席のドアが開いた。

「先生、すみません遅くなって——」

駆け寄ってくる足音を聞きながら、俺は伏せていた顔をさらに下げる。
迎えに来た男に対して謝る言葉を口にするために、唇を開いた。

神の悪手

子どもがはしゃぐ高い声が響いている。

それほど遠くはない。どっちの道へ進もうかという問いに、もう一人がこっちに扉があるよと答え、啓一《けいいち》は反射的に、ここはダメだ、と声を上げる。

来てはいけない、行き止まりだ、と続けたことで、今いる場所はやはり来てはならない場所だったのだと自覚する。

ここに来るまで、何度道を選んだか。

曲がりくねった道もあれば、階段もあり、複雑な仕掛け扉もあれば急な斜面もあった。

そのすべてが誤りだったと、今ならわかる。そもそも、こんな迷路になど入るべきではなかったのだ。

彼が頭を抱えている間にも、子どもたちは前進を続けている。やがて啓一のもとに辿《たど》り着き、おじさん、と彼のTシャツの裾《すそ》を引く。ねえ、こっちで本当に大丈夫なの。来てはいけないと言ったのに。呆然《ぼうぜん》とつぶやく彼の目に、たくさんの子どもたちの不安そうな顔が飛び込んでくる。

子どもたちは増えていく。一人、また一人。ぞろぞろと列になって進んでくる子どもたちへ、早く戻れ、と告げる。この先には出口なんかない。このまま人が増え続けたら、全員が圧死する。来続けられたら戻れなくなる。

子どもたちは、彼の言葉を信じるかどうか決めかねているように、互いに顔を見合わせる。泣き出しそうな表情を浮かべる子もいれば、おまえが出口を見つけられなかっただけだろ、と侮《あなど》る視線を向けてくる子もいる。

何人かが、啓一の脇《わき》を通り抜け、奥の壁を手で探り始める。仕掛け扉になっていないか、どこかにスイッチが隠れていないか。

その、数分前の自分と同じ姿を力なく眺めながら、啓一は、帰りたい、と思う。とにかく、一刻も早くこの空間から出たい。

ハッと思いつき、非常口を探そう、と周囲へ提案する。何人かがうなずき、元来た道へ目を凝らし始める。

だが、この迷路に入ったばかりの頃には何度か見かけたはずの表示板は、どこにもない。

そんな馬鹿《ばか》な、と啓一はつぶやく。これではみんな死んでしまう。そもそも子どもも参加できるようなアトラクションなのに、この難度は異常ではないか。安全管理もなっていない。

出せ、と天井へ向かって叫ぶ。もうリタイアする、おい、このままだとおまえたちも管理責任を問われるぞ。啓一の声に呼応して子どもたちの泣き叫ぶ声も大きくなる。出せ、出してくれ、死んでしまう。

やがて啓一は、声がどこにも届いていないことを悟る。ここには非常口などない。誰も助けには来ない。そして、悲鳴が充満している空間には、それでも次々に子どもが入ってくる。

ふいに、彼は思い出す。

ここに来るまでに、長い急斜面があったことを。

――あの上にいたとき、自分はたしかに、下から上がる悲鳴を聞いていた。けれど、大丈夫だとしか考えなかった。何人かが怖気《おじけ》づいて引き返したからこそ、前に進む決意を固めた。

あそこが、引き返せる最後のチャンスだったのだ。

急斜面を落ちたら最後、もう上に戻ることはできない。

ふと気づくと、真横で泣き叫んでいた子どもの声が止まっていた。顔が壁にめり込んでいる。

まずい、本当に死んでしまう!

その瞬間、地面がすっと下がった。壁を見ると、石の模様が上へとずれていく。

――空間全体が下降している。

まるで、初めから定められていたかのような――そう考えたところで、啓一は息を吞《の》む。

まさか、限界の重さに達しなければ床が動かず、出口が見つからないという仕掛けだったのだろうか。

何て悪趣味な迷路なのだろう。無事に出られたら文句を言わなければ。あまりにも危険すぎると訴えて――

床が止まった。

先ほどよりもわずかに広くなった薄暗い空間の中で、啓一は壁を確認する。出口は、道は――子どもたちを掻《か》き分けて壁を探り、そのすべてに仕掛けがないことを確かめ、やがて、地面にある一つの穴の前に戻らざるを得なくなる。

黒い水で満たされた、先の見えない、人一人しか通れないほどの小さな穴。

ここが正解ならば、この先には道がある。

だがこれが誤りであったのならば、水面から顔を出すことができずに窒息するしかない。

啓一はくずおれる。

どうして、迷路になんて入ったのだろう。なぜ、もっと早く引き返さなかったのか。

土に額をこすりつけ、爪《つめ》を食い込ませて嗚咽《おえつ》する。嫌だ、死にたくない、助けてくれ――

全身が、痙攣《けいれん》するように跳ね上がった。

開いた啓一の目に、将棋盤が映る。

「夢か」

かすれた声でつぶやいた。Tシャツが汗でびっしょりと濡《ぬ》れている。

強張《こわば》った上体を起こすと、脇には駒《こま》が散らばっていた。痺《しび》れた腕を持ち上げ、手のひらに張りついていた歩《ふ》を剝《は》がし落とす。

啓一は唇を歪《ゆが》めた。

もう、嫌になるほど何度も見た夢だった。なぜこんな夢を見るのかが、わかりやすすぎるほどの悪夢だ。

キッチンへ向かって冷蔵庫を開け、ペットボトルのコーラを勢いよくあおる。炭酸の抜けたコーラはひどく甘かった。口の中に残った一口をシンクに吐き捨てる。

子どもというのがまたわかりやすいな、と自嘲《じちょう》した。次々にやってくる子ども、それによって圧死させられる構造になっている部屋。

啓一が所属している奨励会は、棋士の養成機関だ。

小学生将棋名人戦や中学生将棋王将戦などで優勝した経験を持つような、全国各地の「天才将棋少年」たちが集まってくるが、最終的にプロになれるのは、その中で半年に二人。そして、満二十六歳の誕生日を含む三段リーグ終了までにプロになれなければ、退会を余儀なくされる。

将棋だけに人生を懸けて歳《とし》を重ねた上で、夢をつかめないまま社会に放り出されるのだ。学歴も就職経験も、アルバイト経験すらないただの二十六歳として。

啓一が奨励会に入ったのは、十三歳の頃だった。そこから四年半かけて、三段まで昇段した。

特別早いわけではないが、遅くもない。十分にプロ入りを目指せる位置にいて、地元の将棋クラブでは、これでついに初の棋士が誕生する、と早くも祝賀会の準備まで始められていた。

啓一自身、四段昇段は時間の問題だろう、と思っていた。一期抜けはさすがに厳しいとしても、三期か四期をかければ進める。自分は、いつかタイトルホルダーになる男なのだ。こんなところで足踏みをしているわけにはいかない、と。

だが、実際には上位二名どころか、次点にすら入れないまま八期――四年が過ぎた。

並びがよくなかった、実力は達しているのだから次がある、今期ばかりは仕方ない――そうした言葉を慰めとして受け止められたのは一期か二期だった。やがて啓一は知ることになる。並びがいいときなど、ないのだと。

そして、九期目となる今期も、既に啓一には昇段の目がない。

啓一は、将棋盤の前にあぐらをかき、駒を手に取った。

明日の対局相手である宮内冬馬の棋譜を並べていく。宮内が自身のブログに載せていたものだ。

ピシィ、ピシィ――駒は、か弱い小動物のような鳴き声を立てていた。ただ手を動かすだけでは意味がない。一手一手、込められた意味を探りながら、研究を進めなければならない——そう思いながら、一向に思考の焦点が定まらない。

啓一の手が、止まった。

——今期、宮内は昇段するのだろう。

十七歳、そして三段リーグ一期目で、この地獄を味わわないまま駆け抜けていく。

宮内に出会い、啓一は、自分がこれまでにかけられてきた天才という言葉には何の意味もなかったのだと知った。

天才とは、宮内のような人間にこそ、使う言葉なのだと。

啓一は、幼い頃から友達と遊ぶよりも将棋の勉強を選び、同級生たちが様々な行事で青春らしい思い出を積み上げていく間も、一人黙々と将棋盤に向かい続けてきた。

一応高校には在籍していたものの、学校での記憶はほとんどない。

だが、宮内は将棋を始めたのが十一歳とかなり遅く、さらに中学高校でもサッカー部に所属していたにもかかわらず、十五歳で奨励会に入会後はたった二年という最短記録で三段リーグまで駆け上がってきた。

奨励会の例会と学校行事の日程が重なれば将棋の方を選ぶが、修学旅行にも参加し、彼女がいた時期もあるという話だった。

そんなふうに片手間で将棋に取り組みながら、それでも勝ち上がってしまう。持っているものが、明らかに違う。

――将棋の神は、何と不公平で、気まぐれなのだろう。

啓一の兄弟子は去年、年齢制限による奨励会退会後に自ら命を絶った。

一方、大学受験さえ視野に入れているという宮内は、残すところあと一戦という現時点で十五勝二敗の暫定《ざんてい》トップだ。

暫定二位の山縣伸介《やまがたしんすけ》と村尾康生《むらおこうせい》が残り二戦で十三勝三敗だから、次で宮内が負けて山縣と村尾が二戦とも勝てば星の数が並んで前期の成績でつけられた順位での戦いになり、宮内は昇段を逃すことになるが、逆に言えば次に負けない限り昇段は揺るがない。

そして、宮内の最後の対局相手は、啓一なのだった。

啓一が宮内を下せるとは、彼自身でさえ考えていなかった。

宮内は、読みの深さ、正確さ、発想の豊かさ、鋭さが他の奨励会員たちと比べても桁違《けたちが》いだ。中でもずば抜けているのが詰みを読みきる終盤力で、かなり長手数の詰みでも短時間で読んでしまう。

得意戦法は居飛車《いびしゃ》の角換《かくが》わり腰掛け銀、序盤は定跡に則《のっと》ったオーソドックスな手が多く、中盤で一気に差をつけることも少なくないが、互角のまま終盤を迎えることもある。

だが、そこから先、どちらが先に詰むかという局面になると、途端に力の差が歴然とするのだ。

とにかく寄せが速く、度胸もある。最後まで隙《すき》なく読みきり、一手差の捻《ねじ》り合いも正確に制す。

タイトル戦の控え室で検討をしていると、棋士が「あれは詰んでいるのか」と宮内に尋ねてくることもあり、しかも宮内はそれにすぐさま返答する。

四段に昇段後はそう間を置かずタイトル戦に絡《から》んでくるだろう、そしてゆくゆくは名人になるはずだ、というのは何人もの棋士が口にしていることで、端正な容姿がマスメディアに取り沙汰《ざた》されていることもあり、将棋界の内外を問わず話題にされる存在だった。

その宮内がプロ入りを決めるかどうかという一戦とあって、明日の対局には記者が何人も取材に来ると言われている。

宮内が無事に昇段を決めれば、啓一もコメントを求められるだろう。

——宮内の踏み台となった奨励会員の代表のように報道される自分の姿を、両親は、地元の将棋クラブの人たちは、どんな目で見るのか。

幼い頃から、天才だ、この将棋クラブの誇りだと評してくれていた人たち。

啓一は、駒を盤に強く叩《たた》きつける。目に焼きつけた宮内の棋譜を、音を立てて再現していく。だが、その空虚な音は、雑念を掻き消してはくれない。考えろ、考えろ、考えろ。もっと深く、余計な声など聞こえなくなるまで――

ピンポーン。

唐突な電子音が、周囲にできていた思考の薄膜を破った。

啓一は弾《はじ》かれたように首を捻り、中途半端《はんぱ》に開けられたままの引き戸の隙間から玄関を見る。

何となく、嫌な予感がした。

出たくない。誰とも顔を合わせたくないし、時間を奪われたくない。今はとにかく集中して――

「おい、岩城《いわき》」

肩がびくりと跳ねた。

「俺だよ、村尾だ」

何しに来たんだ、という言葉が喉元《のどもと》まで込み上げる。

実際に声に出すことがなかったのは、先輩である村尾にそんな口をきくわけにはいかないというのもあったが、何より在宅だと知られたくないからだった。

大体、対局の前日に事前の連絡もなく訪ねてくるなんて非常識すぎる。しかも村尾は、明日の対局相手でもあるのだ。

一局目が宮内冬馬、二局目が村尾康生。

明日、啓一はトップ争いを続ける二人と戦わなければならない。

そして、一局目が終了した時点で、昇段者はほぼ決まるのだ。宮内が一位抜けを決めれば、村尾の昇段は絶望的になる。暫定二位の山縣の最終日の対局相手は二人とも最下位争いをしている面々だ。山縣が彼らを下して十五勝三敗となったら、たとえ村尾が連勝したとしても同じ星数となり、前期の成績順で山縣が勝つ。

「何居留守使ってるんだよ。いるんだろ、駒音が聞こえてんだよ」

苛立《いらだ》った声音に、啓一はため息をつきながら立ち上がった。はい、と返して鍵《かぎ》を開けると、勢いよくドアを引かれる。

「何ですぐに出ないんだよ」

村尾は吐き捨てながら框《かまち》へと上がり、啓一は咄嗟《とっさ》に立ち塞《ふさ》がった。

「ちょっと、勝手に入らないでくださいよ」

「別にいいだろ、外ではできない話なんだよ」

「だったら俺が村尾さんの家に行きますから」

どうあっても家には上がらせたくなかった。何の話をするつもりなのか知らないが、居座られたら困る。

村尾の家までは中央線で一駅、徒歩でも何とか行ける距離で、これまでにも何度か上がって研究会をしたことがある。

村尾は少し考え込むように眉根《まゆね》を寄せたものの、わかった、とうなずいた。

「じゃあ行くぞ」

言い終わるよりも早く踵《きびす》を返し、部屋を出て行く。

啓一はひとまず財布と携帯だけをハーフパンツのポケットに押し込み、後に続いた。


外は、既に日が傾き始めていた。

もう夕方だったのか、と驚き、自分が結局最終日の前日を無為に過ごしたのだという事実を認識する。

村尾は、啓一が記憶しているのと違う道へ曲がった。啓一は丁字路で足を止め、村尾さんの家に行くんじゃないんですか、と尋ねる。

「先週引っ越したんだ」

村尾は振り返ることなく言った。啓一は村尾に小走りで駆け寄る。

「え、どこにですか？」

「近くだよ」

村尾は煩《わずら》わしそうに頭皮を搔いた。細かなフケが指の間から落ちる。

「何でまたこんな時期に」

「家賃滞納」

それ以上の質問を拒むように短く答え、歩調を速めた。大股《おおまた》で進んでいく後ろ姿に、啓一はついていかずに引き返したくなる。

村尾は来月、二十九歳の誕生日を迎える。本来の年齢制限である二十六歳を超えてからもリーグ戦勝ち越しという条件を満たして在籍を延長してきたが、今期が本当に最後のチャンスだ。

その絶対に落とせない最終日の前日に、こんなふうに思い詰めた様子で対局相手に会いに来たということは——わざと負けてくれと頼みに来たのではないか。

距離を保ったまま十分ほど歩くと、村尾が灰色の殺風景なアパートへ入っていった。

啓一は、足を止めて目の前の建物を見上げる。外壁はくすんでいて階段は錆《さ》びているが、それでも前のアパートよりは随分と新しい。

「へえ、いいところじゃないですか」

「マンスリーだけどな」

村尾は吐き捨てるように言った。啓一は口を噤《つぐ》む。マンスリーという言葉に足が重くなるのを感じた。

マンスリーアパートは借りられたのなら、家賃滞納とはいってもまったく金がないわけではないのだろう。

以前、電気代を払いそびれて電気を止められたと言っていたことがあったから、家賃についても単に払い忘れていただけかもしれない。催促されたことを忘れて再び催促され、また忘れる——村尾ならばありえないことではない。

だが、それでも普通のアパートは借りなかったということの意味。

村尾は、どちらにしてもこの街で安アパートを借り続けるつもりはないのだ。プロになれたなら、もっといい住まいに移れるのだろうし、奨励会を退会することになれば、地元に帰るしかないのだから。

入ってすぐ左には、一口コンロと流ししかない申し訳程度の台所があった。その横に、ビジネスホテルを思わせるような小さな棚があり、下半分のスペースは飲み物を入れるだけで一杯になってしまいそうな冷蔵庫で埋まっている。

右側の開けっ放しになっている折れ戸からは薄暗いユニットバスが見え、何となく視線を床に落とすと、一本の酒瓶が転がっているのが見えた。台所の下には、焼酎《しょうちゅう》のペットボトルや発泡酒の空き缶がぎっしりと並んでいる。

奥の居室との間には扉はなく、正面を向けば掛け布団《ぶとん》が乱れたパイプベッドまでが見通せてしまう。泳いだ視線が棚の上に唐突に置かれたトロフィを捉《とら》え、眩《くら》むような既視感を覚えた。

そういえば、前のアパートでも、このトロフィは玄関から目につくような場所に置かれていた。

まな板すら敷けないような大きさの調理台の上、ハンドソープと食器用洗剤からできる限り距離を取った角で存在感を主張していた色褪《いろあ》せた紅白のリボンと、台座に彫られた〈小学生将棋名人戦優勝〉という文字。

こんなところに置いておいていいんですか、と尋ねられるたびに、村尾は、別に大したもんじゃないからなと、どうでもよさそうに答えていた。

だけどあれ、わざわざ実家から持ってきたんだろ、と帰り道に誰かが言った言葉が蘇《よみがえ》る。それは嘲笑《ちょうしょう》するものではなく、むしろ痛みを堪《こら》えるような響きを伴っていた。

啓一は顔を伏せて玄関で靴を脱ぎながら、話が終わったらすぐに帰ろう、と考えた。パイプベッドの手前、いくつもの段ボール箱に囲まれた一畳ほどのスペースへ促される。中心には、将棋盤と棋譜があった。

☗7六歩、☖8四歩、☗2六歩、☖8五歩、☗7七角――癖のある村尾の字を思わず目でなぞってしまい、慌《あわ》てて顔を背ける。

村尾は冷蔵庫から缶コーヒーを一つ取り出して啓一の前に置き、将棋盤を挟んだ位置にあぐらをかいた。

「悪いな、いきなり」

「いえ……」

咄嗟に否定してしまい、そんな自分が嫌になる。

「どうしても今日中におまえに見せたいものがあってな」

村尾が言いながら手に取ったのは、たった今啓一が見てしまった棋譜だった。

「対宮内戦の戦略だ」

「は？」

声が裏返る。一拍遅れて耳の縁が熱くなった。

「いやそれは、」

村尾は叩きつけるような声音で遮り、宮内がどんな戦法で来ると予想されるか、それを迎え撃つためにはどんな方法があるかをまくし立てる。

気づけば啓一はすばやく動かされる駒の軌道を目で追っていて、下腹部が疼《うず》くような興奮を感じていた。

何だ、これは。こんな手が――

「まあさすがにこの棋譜の通りにはいかないだろうけど、とにかくおまえにはこの戦法を理解してもらいたくて」

「ちょっと待ってください」

啓一は見開いたままの目を慌てて下へ向けた。頭を空白にしようとする。だが、既に棋譜は目に焼きついてしまっている。

「何で」

声がかすれた。

「どうして、俺にこんなこと……」

こんなのは、ひどい。

一緒に研究をする中で発見していくのならまだしも、こんなふうに一方的に教えら

「いいから聞けよ」

れるなんて——あってはならないのに。

ぐわん、ぐわん、と頭が揺れていた。膝頭《ひざがしら》を強く握りしめ、腰を上げる。

「帰ります」

「待てよ」

村尾が啓一の腕をつかんだ。蹴倒《けたお》された未開封の缶コーヒーが盤上に転がって駒を乱す。

「おまえが宮内に勝ってくれないと俺には後がないんだ」

切迫した声に村尾自身が駆り立てられるように、手に力がこもった。

「みっともないのはわかってるよ。俺だって、せっかく自分が考えた手を教えることなんてしたくない。だけど、もうこうするしか方法がない。今期を逃すわけにはいかないんだ」

つかまれた腕が痺れ始める。

「頼む、おまえが宮内を十五勝に留めてくれれば、俺はあいつと星で並べる」

そう続けられた瞬間。

啓一は、すっと、身体《からだ》から力が抜けるような感覚を覚えた。村尾の言葉の意味が、わかってしまう。

村尾が宮内と星で並ぶためには、明日の対局で連勝しなければならない。

つまり——こいつは、俺に勝つことを前提で考えている。

頭に一気に血が上る。

——ふざけるな。

啓一は腕を勢いよく引き抜き、今度こそ玄関へ向かった。

「岩城！」

背後から聞こえた声に構わず三和土《たたき》に下りたところで、再び腕をつかまれる。

「話はまだ終わってない——」

腕が反射的に振り払っていた。

許せない、舐《な》めやがって——その感情が村尾だけに向けられたものではないのはわかっていた。

空々しい慰めの声、舐められるしかない現実、そこに甘んじ続けてきた自分。

全身に絡みついたすべてを弾き飛ばしてしまいたくて、思いきり振り回した腕の先で、村尾の上体が斜めに傾く。体勢を立て直そうとした足が床に転がった酒瓶の上に乗り、勢いが急激に加速する。空気を掻いた指先がトロフィをかすめ、金色の小さな塔がスローモーションのようにゆっくりと宙を舞う。

受け身を取るために捻られかけていた村尾の上体を首が裏切り、視線がトロフィを捉えた。

両腕がトロフィに伸ばされ、軌道の変わった身体が重力にねじ伏せられて倒れていく。

指先がリボンの端をつかんだ瞬間、ガンッ、という大きな音が空間を震わせた。

配線自体が断ち切られたような静寂が落ちる。

「え」

喉から声が漏れた。

村尾が仰向けに倒れている。床に投げ出された脚、胸に抱えられたトロフィ——目の前の光景には何も面白いことなどないのに、啓一の唇が奇妙な笑みに似た形を作る。

「村尾さん」

村尾は動かなかった。呻《うめ》き声一つ聞こえない。

え、という声が今度は喉の奥で詰まった。これは何だろう。何が起きたんだろう。

この人は——

膝がカクンと抜け、くずおれるようにしゃがみ込んだ。震えて力が入らない腕と脚を懸命に動かしてにじり寄り、村尾の顔を覗《のぞ》き込む。

薄く開いたままのまぶたの間には、ガラス玉のように無機質な目があった。

救急車、と啓一は思った。

頭を打っている。意識がない。これはまずい——ポケットから取り出して開こうとした携帯が手のひらから滑り落ち、ゴン、という鈍い音を立てる。

飛びつくようにして拾い上げ、開いて発信画面にしたところで何をすればいいのかわからなくなる。一を押そうとして四を押してしまい、削除しようとして発信してしまう。慌てて切った途端に再び携帯を取り落とし、拾おうとした指の先が三和土のコンクリートを擦った瞬間、二の腕の肌が粟立《あわだ》った。

ひっくり返ったくらいで、死ぬわけがない。

ただの脳震盪《のうしんとう》に決まっている。

——だけど。

言葉が頭上から降ってくる。

もし、万が一、死んでしまっていたら。

顔が、室内へと向く。目に入る光景が、遠ざかっていく。

使われた形跡のないコンロ、乱れた布団、大量の段ボール箱、床に置かれた盤と駒、倒れたまま動かない人間、転がった酒瓶——歪《いびつ》な空間が、現実のものではないように思われてくる。

——人が、こんなに簡単に死ぬわけがない。

思考が、絞り出されるように滴《したた》り落ちた。

きっと、もうじき目を覚ます。

いてえな、と後頭部を押さえながら上体を起こし、顔をしかめてにらみつけてくる。

あ？ 病院なんか行ってる暇ねえよ、まだ話が途中だろうが——

啓一の指が、携帯をポケットに押し込んだ。

つま先が、靴にねじ込まれる。

背中がドアノブを押し下げた。身体が、後ずさって部屋を出る。

ドアが閉まると、空の上から子どもに帰宅を促すチャイムが鳴り響いた。


どのようにして自宅に帰ったのか、啓一は憶《おぼ》えていなかった。

気づけば布団の中にいて、身体の中心を強く打ち続ける鼓動に身を縮めていた。

すぐにかかってくるはずだと思っていた村尾からの電話は、何時間待っても来なかった。

これ以上説得しても無駄だとあきらめたのか――それとも、まだ意識を取り戻していないのか。

こちらからかけてみようか、と何度も携帯を見つめた。だが、どうしても発信することができない。

やはり救急車を呼ぶべきだったのだ、と思った。

せめて、村尾が意識を取り戻すまで、あの場に留まって様子を見るべきだった。

そうすれば、こんなに悶々《もんもん》とし続けることもなく、今頃は明日の準備に専念できていたのではないか。

結局、何もできずにいるうちにカーテンの隙間から日が差し込んできて、出かけなければならない時間になった。

スーツに着替え、家を出て、駅までの道を歩く自分の姿を、斜め上から眺め下ろしているような錯覚を覚えた。背が不格好に丸まった貧相な男は、電車が千駄ケ谷駅に着くや否《いな》や流れに押し出されて降り、一歩一歩、連行されるような足取りで進んでいく。

目隠しをしても行けそうなくらい何度も歩いた道だった。

役所の出張所を思わせる質素な茶色い建物の中に入ると、壁に貼《は》られたタイトル戦のポスターが目に飛び込んでくる。その前で左に曲がり、グッズが並んだ空間を抜けて階段に足をかけた途端、身体が急に重くなった。

薄暗い視界が、ぐらぐらと揺れる。壁にしがみつくようにして何とか半分を上ったものの、踊り場で足を止めたところで視界が暗くなる。

こみ上げてきた吐き気を堪えていると、「岩城！」という声が飛んできた。

声から相手を認識するよりも一瞬早く、身体が強張る。

「おい、岩城」

言いながら階段を下りてきたのは、師匠の船井《ふない》忠正《ただまさ》八段だった。

その慌てたような表情に、まさか、という思いが浮かぶ。

だが、その先には上手《うま》く思考が進まない。

「どうした」

師匠が啓一の肩をつかんだ。

「顔色が悪いぞ。髭《ひげ》も伸びたままだし、まさか寝てないのか」

え、という間の抜けた声が漏れる。師匠は啓一の肩から手を離し、顔をほころばせた。

「だけど、悪くない顔をしているな」

師匠は顎《あご》を引くようにしてうなずく。

「髭は仕方ないとしても、対局前には顔くらい洗えよ」

そう言い残して去って行く背中に、これまでに何度も目にした師匠の渋面《じゅうめん》が重なった。

おまえは行儀が良すぎるんだよ。もっとがむしゃらになれ。みっともないことを恐れるな。

三年前、三段リーグで昇段圏内にいながら最後で勝ちを逃したときに言われた言葉だった。

先に進みたいなら、自分を壊さなければならない。どうやっても後には引けないところまで自分を追い込まなければならない。おまえには恐怖が足りないんだ。斬《き》られて血が流れないような将棋には血が通ってないんだよ。

その言葉をかけられた数日後、啓一は自宅のテレビで、アメリカの高層ビルに飛行機が突っ込んでいく映像を目にした。

あまりにも現実感がない光景は、質の悪い映画のようだった。手を替え品を替え繰り返されてきた、未曾有《みぞう》の危機に立ち向かうヒューマンドラマ。その割には使われる映像が引きのものばかりで、なかなか話が前に進まない。

ニュースで説明される中東の情勢は、少しも理解できなかった。そもそも国の位置関係すら曖昧《あいまい》で、常識として語られる歴史的経緯は、初めて耳にするものばかりだった。

ただ、時折聞こえる「戦争」という言葉に興奮した。日本も無関係ではいられなくなるはずだという議論に、身を乗り出した。

もし大変なことになったら、という夢想は、彼の心を惹《ひ》きつけた。それは具体的ではないからこそ甘く柔らかく、口の中で転がすことができた。

啓一は、不安を煽《あお》る番組を選んで観続《みつづ》けた。何事もなかったように巡ってくる対局の日を憎んだ。そうして、自分がもう長いこと将棋を憎んでいたことに気づいたのだった。

将棋は、彼の弱い部分ばかりを浮き彫りにした。踏み込むべきところで躊躇《ためら》ってしまう臆病《おくびょう》さを、限界を超えて考え尽くせない胆力のなさを、既にあるものを小器用に組み合わせてそれらしく取り繕うことしかできない凡庸さを。

負けましたと口にするたびに、少しずつ自分が殺されていくのを感じた。費やしてきた時間、正しいと信じて選び取ったこと、自分を自分たらしめるものが、剝ぎ取られていった。

無限の可能性を秘めていたはずの駒たちは窮屈な場所に閉じ込められ、恨めしそうに啓一を見上げていた。おまえが間違えなければ、おまえさえいなければ。

アメリカは戦争に突入したものの、どうやら自分たちの日常には影響がないらしいとわかったとき、啓一ははっきりと落胆した。大事にしていたものを奪われたようにすら思った。

そして、複数の笑い声を響かせるテレビに背を向け、一人、駒が並んだ盤の前で師匠の言葉を思い出したのだった。

これでもまだ、恐怖が足りないんだろうか。自分はまだ、壊れていないんだろうか、と。

事務室に行くより前にトイレへ行き、顔を洗って鏡を見つめた。

たしかにひどい顔だ、と啓一は他人事《ひとごと》のように思う。土気色で頬がこけ、目の下には濃いくまがある。無精髭が汚らしく、乾いた唇はところどころが切れている。

――村尾は、もう来ているんだろうか。

啓一は天井を見上げた。

もうほとんどの奨励会員が対局室にいるはずの時間だ。

手続きを済ませて四階へ上がり、対局室に入った。

ずらりと並んだ盤の両側にいる面々へ視線を滑らせる。

村尾の対局相手の姿を見つけた瞬間、心臓が大きく跳ねた。

——村尾が、まだ来ていない。

廊下から、尖《とが》った声が聞こえてきた。まだ、という声がして、村尾、という名前を耳が拾う。

「電車の遅延か」

「連絡はないのか」

「あと何分だ」

矢継ぎ早に聞こえてくる声に、対局室の中へもざわめきが広がり始める。事故にでも遭ったんじゃないか。いや、寝坊かもしれない。さすがにここで不戦敗じゃ立ち直れないだろう。村尾の家はどこだ。

呼吸が浅く乱れていく。

——そんなわけがない。

あんなことで、死んだりするはずがない。

けれど、同時に、頭のどこかが状況を理解している。

問題なく目を覚ましたなら、たとえどれだけ体調が悪かろうと、せめて連盟に連絡を入れないはずがないのだと。

村尾は死んでしまったのか。

それとも、まだ意識を取り戻していないのか。

強張った首が廊下へと捻られる。

今すぐ、昨日あったことを打ち明けるべきだ。今からでも救急車を呼んで——開きかけた口が止まる。

——半日以上意識が戻らないのだとしたら、ただの脳震盪のわけがない。

無数の駒音が耳朶《じだ》を打った。

ハッと我に返ると、室内では対局の準備が始められている。

啓一の足が、盤の方へと動いた。俺は何をやっている。宮内冬馬の前に腰を下ろし、駒袋に手を伸ばす。こんなことをしている場合じゃない。盤上に駒が吐き出される。取り返しがつかなくなる。指が、王将をつまみ上げる。——もうとっくに、取り返しなんかつかないんじゃないか。

宮内の腕が動いた。玉将が、宮内の指から離れ、マス目の中心にきっちりと収まる。

啓一の指が自動的に金へと伸びた。金、銀、桂、香《きょう》、角、飛、歩——駒に操られるように腕が動き、駒が所定の位置へ並んでいく。

「よろしくお願いします」

宮内が、真っ直《す》ぐに伸びた背筋を傾けるようにして頭を下げた。

周囲で高らかに響き始めた駒音を聞きながら、啓一は眼前の盤上を眺める。

十七年もの間、来る日も来る日も見つめ続けてきた盤上は、まるで初めて目にする光景のようによそよそしく感じられた。

駒に書かれた文字は、単なる記号のようにしか見えない。

――誰かが、あの部屋へ行ったら。

靄《もや》がかかったような頭の中に、思考が落ちてきた。

部屋に鍵はかかっていない。扉を開ければ、すぐに目に入る位置に死体がある。通報する。警察が来る。警察は、死体や現場の状況に対して様々な検証を行うだろう。瓶の軌道や回転速度、トロフィが置かれていた位置を推測し、村尾の身体の隅々まで調べる。

何か一つでも不審な点があれば、事件と事故の両方の可能性を考慮して捜査を続けるはずだ。

近隣住民に話を聞き、目撃者を探す。殺人だとしたら動機は何か、という議論もされるだろう。

——村尾と確執があった人間がいないかどうか。

村尾が奨励会の三段リーグにいて、今まさにリーグ戦の真《ま》っ只中《ただなか》だということが判明すれば、それが関わっている可能性が浮上する。

まず名前が挙がるのは、現在昇段争いに絡んでいる宮内と山縣のはずだ。だが、では宮内や山縣に村尾を殺す動機があるのかといえば、誰もが首を捻るに違いない。

宮内も山縣も、今日の対局を制しさえすれば、村尾とは関係なく昇段が決まる。そして、二人が最終局に勝利するだろうことは、もはやほとんど既定路線だ。

無論、勝負である以上、負ける可能性は皆無ではない。しかし、二人はまだ年齢制限に迫られているわけでもないのだ。ここで殺人なんてリスクを冒す道理がない。

——それでも警察は、将棋に関する線が最も有力だと考えるだろう。

職に就かず、毎日将棋しかしていなかった村尾に、他の濃い人間関係などないのだから。

啓一は、自らの手の甲を眺め下ろす。

やがて、警察は自分のところにも来る——

殺すつもりなんてなかったと主張しても、免罪されることはないだろう。自分は、村尾を置いて帰った。救急車も呼ばなかった。

——俺は、こんなところで何をしているんだろう。

焦点がぶれ、音が遠ざかっていく。

静かだった。

対局室にはたくさんの人間がいるのに、誰も口を開かない。皆一様に、目の前の盤上に視線を向けている。

その光景に、地元の将棋クラブの景色が重なった。

詰将棋が貼り出され、それぞれが無言で思考に沈み始める時間だ。先生はよく、詰将棋を使った。教室が始まるまでの待ち時間、練習対局や指導対局を終えた子どもが暇を持て余しているとき、保護者と何かを相談している間。子どもたちは、どれだけ騒いでいても、詰将棋が与えられればすぐに静かになった。目の前に詰将棋を差し出されれば、解かずにいられない。そういう習性の生き物のように、反射的に解き始めてしまう。

その、余計な意識が瞬時に消え去る感じが、啓一は好きだった。駒の並びが脳裏に焼き付く一瞬だけは、何にも邪魔されず、また、何も邪魔しないで済んだ。

彼は教室の誰よりも速く、正確に駒の声を聞き取ることができた。異様なものを見る目を向けられるたびに、自分は将棋をするために生まれてきた存在なのだと無邪気に信じられた。

だが、奨励会に入り、三段まで上がると、彼自身が一歩引いてしまうような奇矯な人間が何人もいた。

ある人は、「『将棋図巧』と『将棋無双』の二百題を全問解ければプロになれる」という話を信じて、本当に何年もかけてその難問をすべて解いていた。

またある人は、園田《そのだ》光晴《みつはる》という詰将棋作家の作品の、実戦には絶対に現れるはずもない局面について、興奮して語っていた。

どちらも、啓一には将棋の実力を上げる上では寄り道だとしか思えなかった。たしかに詰将棋は終盤力を鍛える上で有用なものではあるが、実戦では使えない「パターン」をいくら覚えたところで勝ちには繋《つな》がらない。そんな道楽でしかないものに限れた時間を費やすのは、はっきり言って愚かだとすら思った。

けれど、その彼らが昇段してプロになると、動揺した。

効率ばかり考えて意味のあるなしを決めてしまうことこそが自分の限界なのかもしれないと、とりあえず真似《まね》をして『将棋図巧』を解き始めたものの、結局すぐに音を上げた。あまりの無駄の多さに耐えきれなくなったのだ。

何かをとことん信じ切る愚直さも、取り組む理由など吹き飛ばしてしまうほどの情熱も、彼にはなかった。

かつて彼の特別さを証明するものだった将棋は、彼がここならば誰にも負けないと胸を張れる領域を何一つ持っていないことを、容赦なく炙《あぶ》り出した。

啓一は、対局時計に目を向ける。

変化し続ける数字は、既に対局開始から五分が経過したことを示していた。

盤上は、先ほどから何も変わっていない。

指さなければ、と啓一は思った。自分が指さなければ、対局が始まらない。――いや、対局は始まっているのだ。こうしている間にも、持ち時間はどんどん削られていく。

腕が盤へ伸び、歩をつかんだ。

☗7六歩。

数え切れないほど目にしてきた光景が盤上に広がる。

宮内は時間をかけることなく、☖8四歩と進めた。

その腕が静かに脚の上へ戻されるのを、啓一はぼんやりと眺める。

宮内は、長い脚を持て余すように畳んで正座していた。

ほどよく日に焼けた肌とサイドに刈り上げの入った髪型は、健康的で精悍《せいかん》な印象を与えるのに、どこか翳《かげ》りを帯びた双眸《そうぼう》がそれを裏切っている。

まくり上げられたワイシャツからは筋肉が浮き上がった腕が伸びていて、真っ直ぐに伸ばされた背筋は少しもぶれることがない。

対局室には他にもたくさんの人間がいるというのに、宮内の姿だけが、光を帯びたように浮かび上がっている。

綺麗《きれい》だな、と額縁の中に飾られたものを鑑賞するように思った。

——この男は、将棋を憎んだことなどないのだろう。

負けて歯を食いしばることはあっても、出合わなければよかったと、いっそ、将棋なんて存在しない世界だったならと、願ったことはないのだろう。

これからもきっと、周囲から剝《は》ぎ取っていった「特別」を身に纏《まと》い、盤の前に座る。

一つ一つはただ決められた歯の数を持っているだけの歯車が、複雑に組み合わさることによって響かせる無数の音に、夢中になって耳を澄ませる。

——そしていつか、本当に名人になる。

自分はやがて、あの宮内冬馬と戦ったことがあるのだと自慢するようになるのだろう。

そんなことにすがりつくしかない人生を送る——違う。もはや自分には、そんな人生さえも残されていないのだ。

警察に捕まり、奨励会を退会させられる。刑務所の中で、ずっと恐れてきた二十六歳の誕生日を迎える——

気づけば啓一は、村尾に見せられた棋譜の通りに指していた。

☗7六歩、☖8四歩、☗2六歩、☖8五歩、☗7七角、☖3四歩、☗8八銀、☖3二金、☗7八金、☖7七角成、☗同銀——手を読み進めることさえないままに、ただ脳裏に残った線をなぞっていく。

何も変わらなかった。

必死に研究を重ね、限界まで集中を高め、駒のすべてに意識を配って、一手一手、足場を壊すような恐怖を振り切って指し進めていたときと。

宮内も、後からこの棋譜を見る者も、自分が何も考えずに駒を動かしていただけだと気づくことはないだろう。

——こんなもののために、俺は村尾を殺したのだ。

視界に収まるほど小さな八十一マスの上で、文字が書かれた駒を動かし合うだけのゲームのために。

奇妙な浮遊感を覚えながら、自分のものではないような腕を動かして、銀を打った。

宮内の周囲にある空気が波立つ。

銀を凝視した目が盤上を彷徨《さまよ》い始めた。固められた拳《こぶし》が、二度、脳を叱咤《しった》するように額を叩く。

対局中はいつも、致命的なミスを犯そうが詰みが読み切れようがほとんど表情を変えることがない宮内にしては、珍しいほどのわかりやすい反応だった。

啓一は、この六十五手目が村尾の戦略の肝だったことを思い出す。

この銀を捨てる一手は、過去の実戦では一度も登場したことがない新手《しんて》だった。本当にこの手が現れたのだ——そこでふいに、目の前の局面が村尾の部屋で見た光景と重なることに思い至る。

そういえば、ここまで一度もあの棋譜から逸《そ》れなかった。

駒の配置も、駒を動かす順番も、完全に村尾の書いた棋譜と一致していた。

ぶるり、と身体が小さく震える。思わず周囲を見回し、自分が何を探しているのかわからないことに気づいて視線を盤上に戻す。

村尾は、宮内の棋風や思考の癖を徹底的に分析していた。だからこそ、これほど精度が高いのだろう。

——だが、それでも。

ここまで完全に一致することなんて、ありえるのだろうか。

長考に沈んでいた宮内が、ゆっくりと腕を持ち上げた。指を微《かす》かに震わせながら、同玉で銀を払う。——村尾の棋譜の通りに。

啓一は、全身の皮膚が粟立っていくのを感じる。

これまでに残されている棋士の棋譜は、何万局もあるにもかかわらず、一つとして同じものがない。序盤は定跡通りに進むことで一致したとしても、必ずその先では分岐が起こっている。

村尾だって、この棋譜の通りにいくわけではないだろうと言っていた。あくまでも戦法を伝えるための目安に過ぎないと。

なのに、一手一手、順番が前後することすらなく予想した棋譜通りに進むという確率は——一体どれほどのものなのか。

そう考えた瞬間。

強烈な電流のようなものが、啓一の脳天からつま先までを一気に突き抜けた。

もし、このまま、最後まであの棋譜通りに指すことができたとしたら。

そんなことは絶対にありえない、と瞬時に思考が否定する。だが、それでも言葉はとどまることなく降ってくる。

——絶対にありえないからこそ、意味が生じるのではないか。

棋譜の通りに終局したとすれば、村尾の部屋にある村尾直筆の棋譜は、あまりに奇妙な存在になる。

——ここまで完全な予想などできるはずがないということは、村尾は対局が終わるまでは生きていたということになりはしないか。

啓一は、震え始めた右手を、左手で押さえつける。

宮内はいつも、対局後にブログに棋譜をアップする。——村尾はそれを書き写したのだろうと、警察に思わせることができたとしたら。

啓一は、席を立った。

対局室を出て、階段の踊り場まで降り、足を止める。

事務室からは、騒ぐ声が聞こえてこなかった。喉《のど》が、大きく上下する。

——村尾の死体は、まだ見つかっていない。

最終局が終われば、誰かが村尾に連絡を取ろうとするだろう。

だが、村尾は先週引っ越したばかりだと言っていた。しかもマンスリーアパートだということは、連盟にも師匠にも報告をしていない可能性が高い。どうせ短期間なのだからと、誰にも新しい住所を伝えていないとしたら。

――村尾が発見されるのはいつになるのか。

啓一の思考が、光に似たものへと吸い寄せられていく。

時間が経《た》てば、検視による死亡推定時刻の割り出しは曖昧になるだろう。直筆の棋譜の存在から、宮内のブログが更新された時刻以降に死亡したものだと考えてもらえるとしたら――

啓一は首を捻《ひね》り、開ききったままの目を対局室の方へと向けた。

――それなら俺は、これからアリバイを作ることができる。

終局後から村尾の死体が発見されるまで、常に誰かと一緒にいるようにすればいい。

啓一は対局室へ戻り、桂馬を打った。

あの棋譜は、すべて記憶している。少なくとも自分の手を棋譜の通りにすることはできる。

――あとは、宮内さえ棋譜の通りに指してくれたら。

啓一は、じっと宮内を見据える。宮内は、懸命に眼球を動かし続けている。

やがて、静かに腕を駒台に伸ばし、銀をつかんだ。

銀が、高い駒音を立てて、濃く浮き上がったマスの中へ収まる。

啓一は全身に力を込め、こみ上げてくる悪寒《おかん》のようなものに耐えた。

波が行き過ぎるのを待ち、顎を上げて天を仰ぐ。

——神は、自分に味方しているのかもしれない。


八十七手目まで、棋譜の通りに来ている。

啓一は乾いて仕方ない唇を水で湿らせ、長考に入った宮内を見つめた。

——何を考えているのだろう。

ここは、金で馬の利《き》きを止める一手のはずだ。ということは、その先の展開を読んでいる——啓一が指す手は4五銀、宮内の次の手は同銀。

宮内が長考するたびに、繰り返し読み直してきたことだった。ここは、こうするしかないはずだ。それ以外の手は選べないように、積み上げられてきているのだから、と。

それでも手が祈る形に合わさりそうになる。

――どうか、あの手を。

棋譜通りの手を指してくれ。

これまでの対局の中で、この手を指してくれと願うことはほとんどなかった。こう指さないでくれ、と考える手をこそ相手は指してくるものだからだ。緩い手を指せば、必ずそこを咎《とが》められる。相手のミスを祈ることほど愚かなことはない。

相手に指してほしい手があるのであれば、そう指すしかないように誘導する。盤上に駒の利きを張り巡らせて、他の手を選べない状況へと追い込んでいく。

そうした意味でも、村尾の棋譜はよくできていた。よくぞここまで考え抜いたものだと感嘆するほど、緻密《ちみつ》に、嫌らしく編み上げられている。

この棋譜を渡すにはさぞ葛藤《かっとう》があっただろう、と啓一は痺《しび》れた頭で考えた。

ここまで精度を上げるためには、相当な時間と労力をかけたはずだ。それを自らが宮内と対局する機会に取っておけず、後輩に頭を下げて託すしかないという状況を、誰よりも村尾自身が憎悪《ぞうお》していたに違いない。

――そして、自分はそれを、よりによって村尾を殺した容疑から逃れるためのアリバイ工作に利用しようとしている。

天罰が下る、という声が聞こえる。

こんなことが許されるわけがない。たとえここを切り抜けられたとしても、おそらくもっと恐ろしいことが待っている――

宮内の腕が、音もなく上がった。

☖同金。

もはや、本当に見えざる不思議な力が働いているとしか思えなかった。

啓一は対局時計を横目で見て、深く息を吐く。

次に指す手は決まっていた。

元より自分には他に選択肢などない。自分から棋譜にない手を指すわけにはいかないのだ。そんなことをすれば、アリバイを作ることができなくなるのだから。

対局室を出て、トイレに入った。用を足してから手を丹念に洗う。

トイレを出たところで、鏡を見なかったことに気づいた。

自分はひどい顔をしているのだろう、と啓一は無関心に思う。対局前までの憔悴《しょうすい》した顔とは違う、身体の内側に詰め込まれた汚く醜いものが滲《にじ》み出たような顔をしているはずだ。

対局室へ戻ると、宮内は先ほどとまったく変わらない姿勢のまま、盤の前にいた。

啓一はその正面へ座り、決まっていた手を指す。

宮内は、再び長考を始めた。盤上を一心に見つめている。微動だにしない身体の中で、瞳《ひとみ》だけが目まぐるしく動いている。

——楽しそうだな。

ふいに、そんなことを考えた。

三段リーグの最終局、棋士になれるかどうかを分ける一局だというのに、宮内から感じられるのは悲壮感ではなく高揚だった。

新しい詰将棋を与えられたばかりの子どものような——あの、声高な駒たちの前で、ただその声に耳を澄ませればいい、自分の存在しない時間。

——ああ、そうだ。

啓一はようやく、理解する。

自分はもうずっと、自分など消し去ってしまいたかったのだ。

こんな窮屈な器を通さなければ、駒たちはもっと自由に本来の力を発揮することができたはずだった。

盤上から響く音色は、もっと美しく伸びやかであるはずだった。

駒を動かすのが、自分でさえなかったら。

宮内が動いた。

☖同銀。

もう啓一は驚かなかった。なぜだか不思議と、こうなるような気がしていた。

神は自分に味方している。このまま棋譜の通り、宮内の投了で終局し、自分はアリバイを手に入れる。

ただ一つ、理解ができないのは、なぜまだ宮内が投了しないのかということだった。

――いや、村尾の棋譜にはこの先も書かれている以上、ここで投了されたら困るのだ。

だが、それでも疑問に思ってしまう。

まだかなり手数がかかるとはいえ、宮内ならばこの形勢の差はもう覆《くつがえ》しようがないとわかるはずだ。それなのに投了しないということは、こちらが読みきっているはずがないと侮《あなど》っているのか。どこかで道が逸れるはずだと――それとも、まさか、何か方法があるのか。

啓一は盤上に目を凝らし、読みを進める。一度思考の中で塗りつぶした手を蘇《よみがえ》らせ、改めて一つ一つの手の先を読んでいく。

これは、ない。これは、詰む。これは――

その瞬間だった。

顔面を唐突に殴られたような衝撃が走る。

目が、宮内の駒台の銀に縫いつけられる。

ぐらり、と床が傾いた。倒れ込みそうになり、畳にしがみつくように爪《つめ》を立て、懸命に堪《こら》える。

――もし、あの銀をあそこに打たれたら。

こめかみの奥でガン、ガン、という音が響き始めた。強い鈍痛の中で、盤上で編み上げられていた図が霧散する。

――寄せられない。

村尾はここで勝敗が決まると断言していた。

――だが、この先に違う道があるのだとしたら。

宮内がこちらのミスを待っていたわけではなく、この手を読んでいたのだとしたら。

ここで銀を打たれたら、一気に形勢はわからなくなる。

目が対局時計を向いた。この先はどうなる。何が起こる。あの道を断つためには
――

息を止めて、盤上を見下ろす。

恐る恐る、頭の中で歯車を回す。複雑に歯が嚙《か》み合わさった歯車たちは、軋《きし》む音を立てながら一斉に回る。その、同時に響く音の一つ一つに耳を澄ませる。

激しい音、微かな音、伸びやかな音、詰まった音、澄んだ音、濁った音——巻き戻して回す歯車を持ち替え、降り注ぐ音の色を、和音の調和を、慎重に聴き比べていく。

一際《ひときわ》強く、飛車が鳴った。

他の音を搔《か》き消すほどに、濃く、高く、鮮やかに。

——飛車を成る。

それしか方法はないように思えた。先まで読みきれているわけではない。だが、銀打ちに対抗するには、とにかくそうするしかない——そこまで考え、ハッと止まる。

——違う。

どちらにしろ、自分には迷う余地などないのだ。

村尾の棋譜にない手は指せない。

ここで桂馬を打たなければ、アリバイが作れなくなる。

第一、ここまで来たのも自分の力などではないのだ。自分は、村尾の棋譜の通りに指してきただけだ。

自分で手を読むこともせず、与えられた線をなぞってきただけ。

啓一は、宮内を見た。見られていることになど気づかないように、ただ一心に盤上を見据え続けている男を。

宮内の瞳は、忙《せわ》しなく動き続けている。

宮内もまだ、読みきれていないのかもしれない。この手を見つけておらず、必死に打開策を探り続けている最中だという可能性は十分にある。

宮内の持ち時間は、既に五分を切っている。このままこちらが持ち時間を使わずに棋譜通りの手を指していけば、読みきることができずに棋譜通りに返してくるしかないかもしれないのだ。

――桂馬を打つ。

とにかく宮内に時間を与えてはならなかった。手は決まっている。この先は早指しで相手を煽る。思考を奪う。それしか今の自分にできることはない。

視界が滲む。血の味がする。地面が、ゆっくりと沈み込んでいく。

眼前で黒い水が揺れている。

――この先へ行ったところで、行き止まりかもしれない。何の空間も広がってはおらず、ただ溺《おぼ》れ死ぬだけかもしれない。

腕を駒台へ伸ばす。

どうせもう今期は昇段の目はない。

たとえここで勝てたとしても、星が一つ増えるだけだ。

逮捕されて奨励会を辞めさせられれば、すべてが終わる。ここで垂らされた糸をみすみす手放す意味はない。

桂馬の上に、手をかざす。

今の自分に許されるのは、ただひたすらに信じることだけなのだ。

神は、自分に味方しているのだと。

だが、そんな神に愛されたとして、それが何だというのか。

目をきつくつむる。歯の間から、呻《うめ》きが漏れる。

それでもまぶたの裏からは、黒い水が消えない。

脳内で響いている音は、鳴り止《や》まない。

桂馬へと伸ばした指が、丸まる。

自分は間違えた。

間違え続けてきた。

たとえここで逃げきれたとしても、自分はもう、将棋に向き合い続けることはできないだろう。

人を殺して、その罰から逃れるために自分の読みを捨てて人の棋譜をなぞって、これから先、自分を信じて手を選ぶことなど、できるはずがない。

選択とは、最悪の可能性を飲み込むことだ。

考えもしなかった手を突きつけられるかもしれない。正しいと信じたものを否定されるかもしれない。そうと知りながら、たった一本の道を選び、他の道を壊す。

音が、うねるように反響している。

耳を塞《ふさ》ぎたくなるような不快な音だ。

臆病に縮こまり、みっともなく歪《ゆが》み、滑稽《こっけい》にかすれている。駒たちの嘆きと怒りが、空気を切り裂くように震わせている。

だが、ここには、自分がいた。

ずっと、消し去ってしまいたかった――この、無様な不協和音こそが。

引き寄せられるように、身体が前へ傾く。暗い水に包まれる。怖い。息ができない。それでも繰り返し、水を掻く。その重さを、冷たさを、粘度を、自らの手で感じる。

啓一の腕が、盤上へ伸びる。

指先が、飛車をつかんだ。

ミイラ

その投稿作を手に取ったとき、まず目が行ったのは、〈園田光晴〉という名前の横に書き添えられた〈十四歳〉という年齢だった。

こそばゆいような恥ずかしさを覚えて、口元が緩むのを感じる。

私が初めて自作の詰将棋を専門誌に投稿したのも、十四歳のときだった。そして、当時の私も同じように年齢を書き込んだのだ。

投稿する際に必要なのは、住所、氏名、作品図面、作意手順や狙《ねら》いなどのコメントであって、生年月日はもちろん年齢という情報はまったく求められていない。

それにもかかわらず、わざわざ書き込んだのは、作品を見た編集部の人間が、まさか十四歳でこれほどの作品を作れるとは、と驚いてくれるだろうという驕《おご》りがあったからだ。

期待の新星として騒がれる自分を想像しながら投函《とうかん》し、定期購読していたため発売後すぐに自宅に届いた発表号を鼻息荒く開き――けれど、そこに私の名前はなかった。

もしかして今月号に間に合わなかったのだろうか、と希望を繫《つな》いで次の号を待ち侘《わ》びていると、それより早く投稿作が返送されてきた。力強い文字で〈余詰《よづめ》!〉と書かれた付箋《ふせん》を貼《は》りつけられて。

余詰――つまり、作意手順以外の攻手でも詰んでしまう不完全作だということだ。

そもそも、詰将棋とは、将棋から派生して生み出された論理パズルである。

将棋は、互いに自分の玉《ぎょく》を囲ったり攻めやすい形を作ったりする序盤、駒《こま》がぶつかり合う中盤、相手陣に攻め込んでいって相手の玉を詰ませにかかる終盤に分かれるが、詰将棋はその最終盤に特化し、与えられた条件の中で玉を詰ませることだけを目的に作られている。

将棋との最大の違いは、一人で取り組めることだ。

王手をかけ続ける「攻方《せめかた》」、防御し続ける「玉方《ぎょくかた》」の双方を、一人で演じる形で進めていく。初手は攻方として最短で相手の玉を詰めるように王手をかけたら、二手目では玉方の立場になって、少しでも長く生き延びられるような手を返すのだ。三手目では再び攻方として王手をかけ、四手目では玉方として逃げ……というように、交互にそれぞれの立場での最善手を考えていく。

元々、私が詰将棋をやるようになったのは、多くの人がそうであるように、将棋における終盤力を鍛えるためだった。だが、様々な問題を解き続けていくうちに、むしろ将棋よりも好きになってしまったのだ。

将棋は、のめり込んでいくほどに、とてつもなく大きな壁画を素手で掘り起こしているような途方のなさを突きつけてきた。

その絵がどこまで続いているのかはわからない。表に出てきているのはごく一部だけ——できるのは、明らかになった部分を解釈することしかない。

たとえば、切迫した表情で駆ける男の姿が見つかる。その後ろに化け物が描かれていれば、この男は化け物から逃げているのだと思うだろう。だが、化け物の首に繋がれた縄の先が男の手に握られていたら？　彼の前にもう一人走っている人間がいたら？　彼らの後ろに炎が迫っていたら？　あるいは、彼らの前にゴールテープのようなものがあったら？

断片から解釈される物語は、他の部分が現れるたびに容易に反転し、変容してしまう。全貌《ぜんぼう》が明らかにならない限り、時々で導き出される正解は常に誤りの可能性を孕《はら》んでいる。

勝ち負けという曖昧《あいまい》さが許されないはずの決着は、けれど壁画の解明においては何ら決定打になりえないのだ。

だが、詰将棋には、「正解」が用意されている。

地道に可能性を検討していきさえすれば必ず出口に辿《たど》り着けると約束されている、ということは、安心感に満ちているように思われた。

私が、詰将棋を前に連想するのは、美しい意匠が施されたからくり箱だ。

いくつもの鍵《かぎ》と仕掛けがあって、一つ一つ決められた手順の通りに動かしていかなければ開けることができない。何気なく、ぽつりと置かれているような駒にも、必ず意味がある。そして、それは一手一手、最善手を探して進めていく中で鮮やかに浮かび上がってくるのだ。

ああ、このためにこの駒はここに置かれていたのか。あそこであの駒を取らせることは必然だったのか——バラバラに存在していた点と点が繋がって線になる瞬間の快感。

詰将棋とは不思議なものだと、よく思う。

八十一マスの盤上に限られた数の駒を配置するという、言ってしまえば組み合わせのバリエーションでしかないはずなのに、なぜか解いているうちに作り手の顔が見えてくる。

あくまでも解答者を楽しませることを目的にした作品、ひたすら難易度を上げて解答者に勝負を挑んでくるタイプ、さらには、もはや解かれるかどうかは関係なく、一つの芸術作品を作り上げることに情熱を注いだものもある。

作者と解答者は、基本的に顔を合わせることがない。だが、そこにはたしかに、奇妙なコミュニケーションが存在するのだ。

あるいは、問題を解く際に新しい知識を要求されないということも関係しているかもしれない。詰将棋の解き方を知っている人間ならば、理論上はどんな問題でも必ず解ける。この、理論上は、というところがポイントだ。

箱を開けるために必要な道具は揃《そろ》っているはずなのに、どうしても開けられない。ひらめきが足りないのか、固定観念が邪魔しているのか――作り手の意図を想像し、自らの思考の癖をほどいていって箱を開いた瞬間、解答者は作者がそのからくり箱に内包させていた一つの世界を共有するのだ。

開ける楽しみを味わっていくうちに、やがて自分でも作りたいと思うようになるまでにそう時間はかからなかった。

作れば、誰かに開けてみてもらいたくなる。早速、当時唯一《ゆいいつ》の投稿先だった『詰将棋世界』に応募し――けれど、初めての応募作は不完全作の烙印《らくいん》を押されたのだった。

付箋に書かれていたのは、当時の私が思いつきもしないような手だった。驚かせてやるつもりが、こんなやり方があるなんて、と逆に驚かされる形になったのだ。私は意気消沈しながらも、指摘された余詰を消すための方法を必死に考えて投稿し直し、それが無事に掲載されると完全に舞い上がってますます詰将棋にのめり込むようになった。

その後、高校、大学と進むにつれて詰将棋とは距離ができたものの、私立中学校の数学教師になって十五年ほど経《た》った頃、同僚の趣味が将棋だと知ったのをきっかけに、再び詰将棋を作って投稿するようになった。

そして何の因果か、編集部から声をかけられてこうして投稿作の検討をするようになったところに、過去の自分のような詰将棋作家が現れたというわけだ。

さてさて、と私は腕まくりをして図面に向き直った。まずはお手並み拝見といたしましょうか。

図面を見つめた瞬間、何となく嫌な予感がした。

まだ具体的な手を読み始めたわけではないから、本当に感覚的なものでしかない。ただ何十年もの間、詰将棋を解き、作り続けてきた経験が、この駒の並びは厄介だと告げていた。

一見して簡単に詰みそうだが、だからこそ余詰を潰《つぶ》すのが難しそうなのだ。

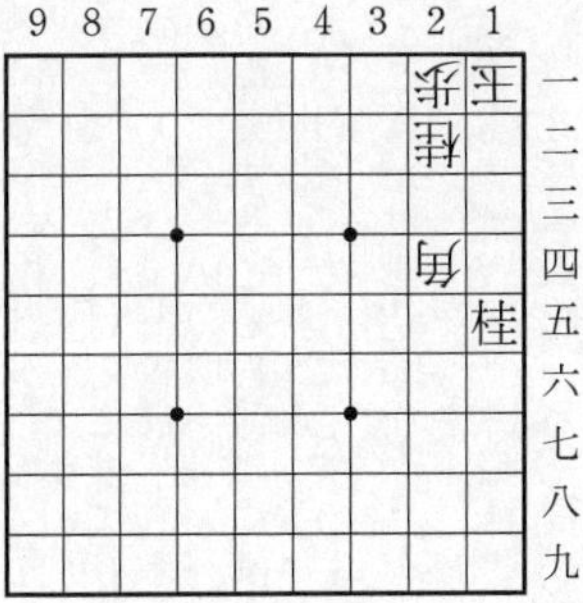

持駒　飛金銀

私は、あえて作者の作意手順は見ずに、一つ一つの駒をざっと脳内で動かし始めた。

みるみるうちに予想が裏付けられていく。

いきなり▲2三桂不成としてしまうと詰まないが、たとえば▲1二飛や▲1二金からならそれぞれ三通りの詰み方があるし、▲1二銀から始めてもわかりやすくシンプルな五手詰がある。

私は、こめかみを鉛筆の頭で掻《か》いた。

きっと、きちんと詰めるものになったというだけで嬉《うれ》しくなってしまい、他の可能性を冷静に検討できなかったのだろう。

詰将棋を作り始めの初心者が陥りがちなミスだ。

付箋を一枚剝《は》がして図面の脇《わき》に貼り付け、〈余詰〉と書き込んでから、手を止めた。

さて、これはどこまで指摘してあげるべきだろうか。

このくらい単純な詰将棋であれば、余詰をすべて指摘して、それを消すための方法を提案することも難しくはない。だが、そこまでやってしまえば、もはやこの子の作品ではなくなってしまう。

これだけ無防備な作品を投稿してくるところからして、そもそも余詰があれば不完全作になるということ自体を知らない可能性もある。

考えてみれば、私も詰将棋を覚えたての頃は、余詰というのが何なのかいまいちわかっていなかった。

攻方も玉方も常に「最善手」を指さなければならないということは、選べる手は一つずつしかない——スタートからゴールまでが一本道なのだろうと思っていた。市販されている詰将棋の問題集がそうなっていたからだ。

だが、いざ自分で作ろうとすると、これが意外に難しいことがわかった。迷路において、正解以外の道の先はすべて行き止まりにしておかなければならないように、詰将棋においては、正解以外の手順はすべて不正解になるようにしておかなければならなかったのだ。

たとえば攻方が指せる王手が二種あったとして、どちらを選んでも同じ速さで詰めるとしたら、それは正解となる道が二本あるということになってしまう。

つまり、この別解が成立しないように工夫を凝らさなければならないということなのだ。

私はチラシの裏に複数の詰め手順を列記してから、脇によけてあった投稿用紙を手前に引き寄せた。さて、作意手順はどれだったのだろう。

〈☗1三飛、☖同角――〉

――1三飛？

予想外の文字に、首を前に突き出す。

考えてもみなかった初手だった。こんなところに飛車を打って同角とされたら、どう考えても後が続かない。

――何だ、これは。

眉根《まゆね》を寄せて作意手順を最後まで見ると、困惑はさらに濃くなった。

〈▲1三飛、△同角、▲1二銀、△同玉、▲1一金、△同玉、▲2三桂不成〉

――何だ、これは。

もう一度、同じ言葉が浮かぶ。

意味がわからなかった。

――これでは、まったく詰んでいない。

▲2三桂不成に対しては△1二玉で逃げられるし、もう攻方に駒がないから、次に王手をするとしたら▲1一桂成とするしかなく、これは△同玉とあっさり取られて終わりだ。

文机《ふづくえ》に鉛筆を転がし、腕を組んだ。

首をひねると、付け根がぽきりと鳴る。

強張《こわば》った腰を伸ばすために立ち上がり、仏壇の前に進んで座り直した。線香を一本引き出して百円ライターで火をつけ、軽く振って消す。

去年、二年間の闘病の末に他界した妻の遺影は、四年前の娘の結婚式で撮った記念写真を加工したものだった。黒留袖《くろとめそで》を着て普段より濃い化粧をしていた、まだ健康だった頃の妻の笑顔は、華やかではあるもののどことなくよそよそしい。

その前で、白い煙が宙に螺旋《らせん》を描くようにたなびくのを眺めながら、さて、と自らに問いかけた。

これは、どうしたものだろうか。

こうなると、もはや余詰がどうこうというレベルの話ではない。そもそもこの手順では詰んでいないというところから教えてあげなければならないのだ。

私は再びこめかみを掻き、新しい付箋に〈この作意手順では詰んでいません。☗2三桂不成、☖1二玉、☗1一桂成以下〉と書き込んだ。

それから、先ほど〈余詰〉と書き込んだ付箋に、〈☗1二飛、☖同玉、☗2三金、☖1一玉、☗1二銀、あるいは☗1二金、☖同玉、☗2三銀、☖1一玉、☗1二飛、あるいは☗1二銀、☖同玉、☗2三金、☖1一玉、☗1二飛など〉とわかりやすい詰め手順をいくつか書き加え、次の投稿作を引っ張り出す。

新たな図面に視線を落とす頃には、もう少年の投稿作のことは頭から消え去っていた。

再び少年の投稿作について思い出したのは、それから半月後、『詰将棋世界』の編集長である金城《きんじょう》から電話がかかってきたからだった。

『常坂《つねさか》さんさあ、この園田くんの投稿作、どう思いました？』

金城は、どことなく歯切れの悪い口調でそう切り出してきた。

「どう、とは」

と尋ね返すと、いやさあ、と言い淀《よど》む気配が電話先から届く。

『これ、全然ダメでしょう。作意手順は詰んでないし、余詰も一つや二つじゃない』

身も蓋《ふた》もない切り捨て方に、私は苦笑しながらも、まあ、そうですね、と返した。

「でも、作り始めの初心者ならまあることですよ。まだ十四歳なんだし、少しずつ学んでいけばいいじゃないですか」

『それなんですけど、この子本当に初投稿でしたっけ？』

「え？」

私は目をしばたたかせる。

「そうじゃないですか？　少なくとも私が検討を担当するようになってからは見たことがない名前ですよ」

『そっかあ、じゃあ気のせいかなあ。常坂さんが見たことがないってことは五年以上前になるし、そうしたらこの子は九歳だもんなあ。九歳が投稿してきたら話題にならないわけがないし』

「どうしてですか？」

私は、それまで話しながらも頭の片隅では詰将棋を解き続けていたのだが、ここで一度脳内の駒を動かすのを止《や》めた。

『いや、何かどこかで見たことがある名前な気がするんですよ』

はあ、と私は相槌《あいづち》を打つ。

「園田、何君でしたっけ」

『園田光晴。光に晴れ。そう、この字の並び、やっぱり何か見覚えがあるんだよなあ』

「何ですかねえ」

私は再び脳内で駒を動かし始めた。

「週刊誌時代の取材相手に同姓同名の人がいたとかですかねえ」

金城は『詰将棋世界』の編集長になる前は、長いこと週刊誌でデスクとして働いていたはずだ。大物歌手の薬物使用疑惑をすっぱ抜いたものの誤報で、名誉毀損《きそん》で訴えられて責任を取って異動になったという話だが、当の金城に悲愴感《ひそうかん》はなく、僕、実はこっちの方が向いていると思うんですよね、といつもニコニコしている。

実際、四十を過ぎて初めて詰将棋に出合ったという金城は、持ち前の好奇心と集中力を詰将棋に対しても発揮し、瞬《また》く間にルールと常連の名前を覚えた。自ら作りはしないものの、その可否は判断できるようになり、人を使うことにも長《た》けているので、新しいジャンルの仕事だとは思えないほど十全にこなしている。

金城は、まあその可能性が一番ありそうだよなあ、とつぶやいてから、

『その園田少年から反論が届いたんですよ』

と続けた。

「反論？　改変ではなく？」

『そう、反論』

わずかに面白がるような声音で言って、

『〈☗1二飛、☖同玉、☗2三金、☖1一玉では☗1二銀は打てません。☗1二金、☖同玉、☗2三銀、☖1一玉では☗1二飛は打てません。☗1二銀、☖同玉、☗2三金、☖1一玉では☗1二飛は打てません。☗1二金、☖同玉や、☗1二銀、☖同玉の後に飛車で攻めようにも、1三には角の利《き》きが、1四には桂馬の利きがあり、☗1一飛に対しては☖1三玉で逃れです〉』

と読み上げる。

「☗1一飛、☖1三玉で逃れ？」

声が裏返った。

「何ですか、それ」

『ねえ』

金城がニヤニヤした表情が浮かびそうな声で同意する。

『だけど、何か妙に確信に満ちた感じなんですよねえ』

私は、こめかみを指の腹で揉《も》んだ。確信があるも何も、あまりにもわかりやすく間違っている。

言うまでもないが、飛車とは縦と横にどこまでも利きを持つ駒だ。

攻方が1一飛に打ったのに対して、1三玉では、まったく逃れられていない。

1一玉の後に1二銀や1二飛が打てないというのも意味不明だった。

『どうします？』

「いや、どうするも何も……とりあえず指摘してあげるしかないんじゃないですか」

『ただねえ、常坂さんの指摘に対してこういう反論をしてきたわけでしょう。そもそもの駒の働きとか、基本のルールを教えてあげる方がいいのかと思って』

「まあ、そうですね」

投稿作への返しとしては甚だ失礼ではあるが、共通のルールを元にやり取りしなければ、すれ違い続けるだけだろう。

『あ、それか、いっそ誌面で作り方講座でも開きますか』

突然、金城の声のトーンが上がった。

『そうだそうだ、前からそういうコーナーがあるといいなと思っていたんですよ。連載で、まずは基本的なルールから押さえて、「この駒で、最後に馬の開《あ》き王手で決まるような三手詰を作ってみましょう」みたいな感じのお題を出しながら少しずつステップアップしていって、その連載をきちんと追っていけば、いつの間にか詰将棋が作れるようになっているっていう』

「なるほど、いいですね」

たしかに、そういうコーナーがあれば、詰将棋人口も増えそうだ。

『じゃあ常坂さん、お願いできますか』

「え？」

『いやあ、楽しみだなあ』

早くも声を弾ませる金城に、思わず苦笑が漏れる。

「金城さん、上手《うま》いですね」

『そうですか？　ありがとうございます』

金城は調子よく言って笑った。そのまま、早速第一回の〆切まで設定すると、楽しみにしています、ともう一度口にしてから電話を切る。

私は受話器を置き、まいったなあ、とひとりごちた。金城には、いつもこの調子で上手いこと乗せられてしまっている。

だが、実のところ、これは楽しみな仕事でもあった。

こういう、詰将棋の世界の入り口まで来てくれた少年のような人に対して、案内板となるようなものを作る。大変ではあるが、やりがいは申し分ない。

私は早速、裏が白いチラシの束を手繰り寄せ、〈創作詰将棋入門〉と書き込んだ。それだけで少し心が躍るのを感じながら、思いつくアイデアを片っ端から書きつけていく。

まずは例外的な話は抜きにして、基本的なルールのみを示そう。最も単純な頭金《あたまきん》の図面を出して、これだって一手詰の詰将棋ですよ、とハードルを下げて、先ほど金城が言っていた「こういう条件の詰将棋を作りなさい」というようなお題をいくつか提示する。

そして、連載四回目くらいで、ある程度作り方の基本がわかってきただろう頃に、禁止事項の説明を入れるのだ。不詰、余詰、駒余りなどをそれぞれ項目に分けて解説し、その解決策も例を挙げて紹介する。

とにかくわかりやすく、実用的に。

『詰将棋世界』を購読するような人間ならば、そんなのはわかっているよというような話が多いかもしれないが、詰将棋を解くのは好きだけれど作ったことはないという人も一定数いるはずだ。

そうした人が、これなら自分にもできるかもしれない、ちょっとだけ挑戦してみようかな、と思えるようなとっつきやすさにする。そして、その上で、最後まで読めばマニアにも楽しんでもらえるような構成にできたら最高だ。

頭が心地よい速さで回転していくのを感じながら、唇を舐《な》める。

私が詰将棋を作るとき、何より面白いと思うのは、自分の頭で考えて作っているはずなのに、世界の中に隠されていたものを見つけ出しているような感覚があることだ。どういう仕掛けがあれば、常識に揺さぶりをかけられるのか。どういう展開にすれば、ルールの孕む矛盾を問題として提起できるのか。

そうした発見は、一生を賭《か》けてもすべてを解明することはできないほど巨大な壁画を、指し将棋とは別の角度から分析していく試みであるような気がする。
一種一種異なる動きを与えられた駒、それらが動くのが八十一のマスであること、歴史の中で固められてきたルール――将棋を構成する要素の本質に迫り、炙《あぶ》り出す。一局ごとの勝敗で区切られることがないからこそ、より無雑にその世界の真理を追究することができる。

――ああ、そうだ。

番外編として特殊なルールが用いられた「変則詰将棋《フェアリー》」についての紹介も入れてもいいかもしれない。

最初や途中で紹介してしまったら混乱するだけだろうが、すべての説明を終えた後に、コラムという形で代表的なものをまとめるのなら問題ないだろう。

「フェアリー詰将棋」には、たとえば、攻方も玉方も協力して玉方を詰まそうとする「協力詰」や、先手の玉が詰まされることが目的で、後手は先手の玉を詰まさないように最善の手を尽くす「自殺詰」など、様々なものがある。

詰将棋はあくまでも決められたルールにおいての最適解を求めていく論理パズルだが、ルール自体を自由に作ってもいいものなのだと提示することは、詰将棋世界の広がりを示すことにもなるだろう。

私自身、新しいルールの作品が登場するたびに、世界が一つ増えるような楽しさを感じてきた。まるで、もう一つの並行世界を映す窓を見せてもらえたかのような。

気づけば、チラシの裏はメモで一杯になっていた。

我ながら張り切りすぎだろうか、と苦笑していると、電話が鳴り始めた。ひたすら殴り書きを続けていたせいで痛む手首を回しながら、もう片方の手で受話器を取る。

「はい、常坂です」

『どうも、たびたびすみません、詰将棋世界の金城です』

「ああ、金城さん」

思わず声が弾んだ。

「ちょうど今、先ほどの企画についていろいろ考えていたところだったんですよ」

『おお、それはそれは早速ありがとうございます。どうです、いけそうですか』

「我ながら面白いアイデアがどんどん出てきていますよ。これは久しぶりに楽しい仕事になりそうです」

『お、いいですねえ!』

金城がお馴染《なじ》みの高いテンションで合の手を入れる。

『こりゃ、ますます楽しみになってきましたよ』

「どこまでアイデアを形にできるかわかりませんが、とにかく精一杯頑張ってみます」

私はそう返してから、ふと、向こうからかかってきた電話だったことを思い出した。

「ああ、すみません。いただいたお電話でしたね。何でしたか？」

『別に大した話ではないんですけどね。……いや、大した話かな？』

金城は、どっちだよって感じですよね、と笑ってから、『さっきの園田少年の件です』と続ける。

「ああ、園田少年」

『さっき、どこかで見たことがある名前な気がするって言ってたじゃないですか。で、常坂さんに、週刊誌時代の取材相手に同姓同名の人がいたとかじゃないかって言っていただいて、それでそうかもしれないと思って昔の取材メモを見返してみたら、同姓同名じゃなくて、まさに本人でした』

「取材相手の中にいました？」

『いえ、直接取材はしていません。できなかった、という方が正確ですが』

金城は、妙にもったいぶった言い回しをした。

『実は、この投稿作に書かれている宛先《あてさき》も、ちょっと見覚えがあるものだったんですよ。若草が丘学園』

「学園？　全寮制の学校とかですか？」

『児童自立支援施設です』

施設、という単語に、私がまず連想したのは、養護施設のようなものだった。何らかの事情で親元で育てられない子どもが入る施設なのだろうと。

だが、金城は声のトーンを一段落とした。

『常坂さん、希望の村事件って覚えていませんか？』

「希望の村？」

私は眉根を寄せる。

なぜ、いきなりそんな話が出てきたのかわからなかった。

希望の村事件は、今から四年ほど前に起きて、一時期はテレビでもかなり騒がれた大事件だ。村の唯一の生き残りで、しかも父親殺しの犯人だとされたのは当時十歳の少年で――

そこまで考えた瞬間、息を呑《の》む。

受話器の向こうで、金城が言った。

『未成年なので実名報道はされなかったのですが、あの事件の加害者の名前が、園田光晴だったんです』

金城にファックスで送ってもらったのは、事件についてまとめられた連載記事だった。

希望の村事件が起きたのは、今から四年前の一九九四年七月。バブルの最中でもリゾート開発の目を向けられることさえなかった辺鄙《へんぴ》な孤島で起きた、大量の死体遺棄及び殺人事件だった。

島にはある宗教団体の施設があり、この団体は正式な宗教法人としての手続きは取られていなかったものの、通称として「希望の村」と呼ばれていた。

「希望の村」は完全自給自足を謳《うた》っており、施設内部にはテレビもラジオもなく、外界との繋がりを持っているのは教祖と幹部の一部のみだった。

教団の構成員は、教祖も含めて十一人。彼らは外部に対して勧誘を行うことはせず、日々田や畑を耕し、近海で魚を獲《と》って暮らすという、前時代的で、ある意味牧歌的な生活をしていたらしい。

基本的にその小さな共同体内ですべてが完結しており、物心がつく前に村に連れてこられて育った子どもは、そもそも外にも世界があることすら知らなかった。事態が明るみに出たのは、教祖と幹部が亡《な》くなったことで外界との窓口がなくなったからだ。

連絡がつかなくなったことを不審に思った役所の人間たちが様子を見るために教団を訪れたところ、応答がなく、施設の外にまで異臭が漏れていた。

異常に気づいた役所の人間たちは恐る恐る中に入り、そこで惨状を目にすることになった。

死後かなりの時間が経っているものと見られる死体が施設内のそこここに放置されており、さらにある一室には、腹を大きく裂かれて絶命した血まみれの死体があったのだ。

その傍らには、頭から血を浴びたらしい少年がうずくまっていて、役所の人間たちは気圧《けお》されながらも何とかこの少年を保護した。

少年は錯乱しており、包丁を手に襲いかかってくる場面もあったが、衰弱していたこともあって未遂で取り押さえることができたという。

「希望の村」で生き残っていたのは、この少年だけだった。

少年の両親は住民票を異動させずに移住してきていたため、少年は役所の人間たちにも存在を認知されていなかった。

施設にあった計十体もの遺体を司法解剖に回した結果、教祖も含めた九つの死体は感染症による病死後に腹を裂かれて防腐処理を施されたものと見られたが、死後間もない一体の死体は、生前に危害を加えられていたことがわかった。死因は出血性ショック死。少年に事情を聞くと、少年はあっさり「自分がやった」と供述した。殺されたのは、少年の父親だった。

だが、動機について少年は「死なせたくなかったから」と口にしたという。概要をまとめた連載第一回に続き、第二回では「希望の村」の教義について解説されていた。

〈「希望の村」においては、ある宗教的儀式をすることで死者を「永遠の生」を持つ存在にすることができると考えられていたようだ。

「悪いものを取り除けばいい」

「動けなくなるだけで、何も変わらない。先生を通じて、これからもいつでも話ができる」

どちらも、村の唯一の生き残りである少年の言葉である。

捜査関係者の話によれば、「治療」だとされていた宗教的儀式は、エンバーミング（死体の防腐処理）のことだったと見られている。

「先生」と呼ばれていた教祖は、死者の声を代弁できる——いわゆる「イタコ」のような能力を有していると自称しており、それがエンバーミングとかけ合わされることで「永遠の生」という概念を生み出していたというのだ。

要するに、「希望の村」の教義とは、〈肉体をミイラ化し、精神は教祖を通じて現世と繋がり続けることで永遠の生を生きる〉というものだったと考えられる。

さらに、第三回以降では事件前に脱退していた数少ない元信者の証言が紹介され、捜査関係者の談として、この島で流行《はや》り始めた感染症が、死体を埋葬せずに日常空間に置き続けていたために蔓延《まんえん》したものである可能性についても触れられていた。

不十分な防腐処理を施されただけの死体に、生前と変わらずに語りかけ、触れ、そして自らも感染して倒れていった教徒たち——中でも不憫《ふびん》なのは、そうした奇怪な教義を持つ宗教団体の中で育ったために、その異常さに気づくだけの一般常識さえ持ち合わせずにいた少年だった。

少年は大人たちから信じ込まされた「常識」を少しも疑うことなく信じ、だからこそ、「永遠の生」を実現するための要《かなめ》である教祖の死によって動揺する父親の隣で、途方に暮れた。

教祖が亡くなったのは、最後から二番目——つまり、少年が父親を殺したとき、教祖を含めた他の大人は誰もいなかったのだ。

〈少年の「死なせたくなかったから」という供述について、事件の五年前に村を出た元信者の女性（47歳）は、『病に倒れた父親を助けようと、見よう見まねで儀式を行ったのではないでしょうか』と推測する。

少年は、父親を死なせたくなかった。

だが、既に教祖も他の大人も病死してしまっている中、頼れる大人がいなかった。

何とかしてお父さんを助けたい、先生がいつも言っていたように「悪いもの」を取り除けばいいはずだ——そう信じてよく儀式に使われていた刃物を父親の腹部に突き立てた少年。

役所の人間が施設内に踏み込んだ際、少年は、錯乱してこの刃物を振り回した。

「やめて！　みんなを殺さないで！」

鎮静剤を打たれて意識を失うまで、まるで悪夢にうなされているように繰り返し

ていたという少年は、今も父親の死を受け止められず、「お父さんとお母さんに会いたい」と口にしているという〉

私は、最終回の最終行まで目を通したところで、心拍数が上がっていることを自覚した。

——これは。

たしかに、当時もニュースで概要を聞いたことはあった。大変な事件だと思ったし、痛ましいとも感じた。これほど詳しい内容は初めて知ったが、事件の流れについては新しく知る情報は特になかった。

——だけど、まさかこの少年が。

どう捉《とら》えればいいのかわからなかった。

もちろん、過去にどんな経験をしてきた人なのかということは、作品とは関係がない。そのことで作品への見方を変えるのは間違っているとも思う。

だが、それでも衝撃を受けずにはいられなかった。

私にとってこの事件は、あまりにも遠い世界の、今後も一生関わる日は来ないだろう出来事のはずだった。悲惨で、痛ましく、けれど不可解なことは不可解なままで終わるのだろう出来事。

その、自分とは決して繋がるはずのない線が、いつの間にか繋がっていたということ。

いや、実のところ、詰将棋という作品を介した繋がりは、繋がりと呼んでいいのか怪しいところではあるのだろう。

彼は、一つの作品を『詰将棋世界』に投稿し、私はそれを検討者として手に取り、その瑕疵《かし》を指摘した。

私の指摘に対して彼が寄越した反論を、私はやはり編集部経由で受け取った。

彼には私個人とやり取りをしている認識はないだろうし、私も、氏名を除けば、当時報じられていた以上の情報を知ったわけではない。

なのに、それでも、もう私はあの事件を「遠い知らない島で起きた大変なこと」とは思えないのだという気がした。今後、どこかで事件について耳にするたびに、思い出すのは当時観《み》たニュースでも、今読んだばかりの記事でもなく、この詰将棋なのだろう、と。

金城に電話をかけ、記事を読み終えた旨《むね》を伝えると、金城もまた、『気の毒な話ですよね』と声を沈ませた。

『だって、この少年は誤った知識を植え付けられていただけで、悪意はなかったわけじゃないですか。なのに、結果を見れば殺人でしかない、しかも殺してしまった相手は父親だっていうんですから』

小さくため息をつき、実は、と続ける。

『この事件についてのノンフィクションを書こうと独自に取材を続けているライターが知り合いにいるんですけど、そういえば、彼と飲みに行ったときに、この少年が父親からもらった自作の詰将棋を解いていたって話を聞いたことがあったんですよ』

「詰将棋を？」

『村には他に娯楽らしい娯楽がなかったみたいですからね。夢中になって取り組んでいたそうです。何か、そう考えると、こうやってこの子がまだ詰将棋を続けているのも切ない話ですよねえ』

少年は、父親に教わったことを覚えていた。

そして、村の生き残りとして一人保護された後、再び詰将棋に取り組むようになった。自分が殺してしまった父親に教わった詰将棋を――

私は挨拶《あいさつ》を交わして電話を切ると、コーヒーカップに口をつけ、既に中身を飲み干していたことに気づいて机に戻した。

仕方なくグラスの水をあおるが、口の中のべたつきは消えない。

〈絶望の村〉〈地獄のような殺害現場〉〈狂気の動機〉などの文字が躍る記事をまとめて伏せた。

〈創作詰将棋入門〉と書き込んだチラシの束も脇によけ、園田少年の投稿作のコピーを紙の山の中から引っ張り出して見つめる。

せめて、という思いが浮かんでいた。

せめて自分は、この子にきちんと詰将棋を教えてあげよう。

誤った知識ゆえに父親を殺してしまい、その事実を何とか少しずつ飲み込みながら父親との思い出の詰将棋を作ろうとしているのだろう少年に対して、自分がすべきことはそれであるはずだ。

私は、少年の作意手順を改めて見下ろした。

〈☗1三飛、☖同角、☗1二銀、☖同玉、☗1一金、☖同玉、☗2三桂不成〉

玉に対して王手をかけるのに飛車を使っているところ、それを同角と取らせているところからして、飛車と角の動きはわかっていると思われる。

さらに、2三桂不成、という表記から、成駒《なりごま》の概念も理解しているようだ。

問題は、1一金、同玉と玉を端に戻した後、桂馬を不成で跳ねて詰みだとしてしまっているところだ。

　これでは、どう考えても玉は1二のマスに逃げてしまうし、そもそもそれで詰みになるのなら初手で2三桂不成で跳ねても同じだ。

　私は次に、少年から届いたという反論を紙に書き出した。

〈☗1二飛、☖同玉、☗2三金、☖1一玉では☗1二銀は打てない〉

〈☗1二金、☖同玉、☗2三銀、☖1一玉では☗1二飛は打てない〉

〈☗1二銀、☖同玉、☗2三金、☖1一玉では☗1二飛は打てない〉

〈☗1一飛に対しては☖1三玉で逃れ〉

　なぜ、少年は1二のマスに飛車や銀が打てないのだと考えたのだろうか。そして、1一飛の後に、1三玉で逃れられると考えたのだろうか。

　——一体、どこをどういうふうに勘違いをすれば、そういうことになるのか。

　私は将棋盤の上に積み重なっていた紙をどけ、盤上に駒を並べ始めた。ここに飛車、ここに角、ここに銀——一つ一つ、少年の言葉を確かめながら、駒を動かしていく。

　1二には打てない、1三玉で逃れ——そうつぶやきながら、何度か繰り返したときだった。

　ふと、違和感のような感覚が指先に走る。

この詰将棋は間違っている。だが、この間違いには、何らかの法則性があるのではないか？

私は、もう一度駒を動かした。

☗１三飛、☖同角、☗１二銀、☖同玉、☗１一金、☖同玉——ハッと小さく息を呑む。

——どの場合も、ポイントになっているのは１二のマスだ。

少年の作意手順において、本来ならば玉が１二のマスに逃げられるところを、少年は逃げられないと考えている。

〈☗１二銀は打てない〉

〈☗１二飛は打てない〉

というのも、１二のマスに駒が打てないということで共通している。

そして、

〈☗１一飛に対しては☖１三玉で逃れ〉

という言葉。

１一飛に対し、１三玉で逃れられる場合があるとしたら、それは１二のマスに他の駒があるときだ。

――つまり、この少年の詰将棋では、1二のマスに何かあることになっている？　しかし、1二のマスが完全に使えないということではないのだ。どの場合も、1二のマスには一度は攻方の駒が打たれているし、その後その駒を取るために、もう一度玉方の駒も立ち入っているのだから。

――一度は打てるし、その駒を取ることはできるけれど、その後は使うことができないし、その場所には何らかの駒があると見なされる？

いや、もしかしたら、それは1二のマスに限った話ではないのかもしれない。この詰将棋において駒を取り、さらにそこから動いたという現象が起きているのが1二のマスのみだということであって――

私は頭をがしがしと掻いた。何となく、惜しいところまで来ているという感覚はある。だが、これ以上は上手く推理が進まない。

私は電話を手に取り、再び金城にかけた。辿《たど》り着いた推論までを伝えたところで、金城が『ほほお』と感嘆の声を上げる。

『つまり、これは最初に説明されなかっただけで、何らかの特殊なルールを加えたフエアリー詰将棋だったんじゃないかってことですね？』

「そうなんですよ」

私は話がすぐに通じたことに安堵《あんど》して身を乗り出した。

「その特殊ルールが何なのかはまだわからないけど、明らかにこの作意手順や反論には共通した法則性があるんです」

『いやあ、やっぱり常坂さんはすごいなあ』

金城はしみじみとした声でつぶやく。

『問題の側から逆算してルールを推測することもできるんですねえ』

「推測と言っても途中までですが」

『それでもすごいですよ。僕なんか、ただの間違いだとしか思わなかったですもん』

何となく褒められ続けていることに面映ゆさを感じて、私は、いえ、と口にした。

「私も、今回改めて連絡をもらうまで、この投稿作のことはただの間違いだと思って忘れていたんですよ。ただ、この少年が父親にもらった詰将棋を解いていたっていう話を聞いたら、何というか、少しでも自分にできることはやりたい気持ちになって……」

なるほど、と金城は相槌を打った。

『たしかに、せっかく詰将棋に興味を持ってくれているんであれば、詰将棋雑誌を出している身としては力になりたいところではありますよね』

「そうなんです。もし父親に教わったルールを本来のルールだと思い込んでいるんだとしたら、他の普通の詰将棋作品を解く際にも支障が出ているはずでしょう。早めに訂正してあげた方がいいんじゃないかと思うんですよ」

そして、この作品を何の説明も加えずに送ってきたということは、そもそもこれが特殊なルールに基づいた作品だという自覚がない可能性が高い。

「この記事には、まだ父親の死を受け止めきれていないと書かれていますけど、さすがに四年も経《た》てば事実を認識せざるを得ないでしょう。自分が父親を助けようとした行為そのものが父親の命を奪ってしまったのだと知って、それでも父親との思い出の詰将棋に取り組んでいるんなら、せめて……」

『あ、それなんですけど』

ふいに、そこで遮られた。

『すみません、あの記事をお送りしておいて何なんですけど、実はあの、病に倒れた父親を助けようと、見よう見まねで儀式を行ったんじゃないかっていう元信者の推測は、どうも間違いだったらしいんですよ』

「間違い？」

『いや、間違いっていうか、話の根本がずれているというか……ほら、さっき、少年が島で父親からもらった詰将棋を解いていたっていう話を教えてくれたライターの話をしたじゃないですか。彼が言うには、少年の「死なせたくなかったから」という言葉は、父親のことではなく、母親のことだったらしいんです』

「母親の？」

私はあまりに意味がわからず、オウム返しに訊《き》いた。金城は、はい、と肯定する。

『何でも、「お父さんがお母さんを殺そうとしていたから、止めようとして刺した」と』

ますます意味がわからなくなった。

少年が父親を刺したとき、母親はとっくに病死していたはずだ。

『時系列としては、母親が死んだ後、教祖が死に、最後に父親が死んだという流れなんですけど』

金城も不可解そうに口にする。

「じゃあ、どう考えてもおかしいじゃないですか」

『そうなんですよねえ。まあ、いろいろあって混乱していたということかもしれませんが』

私は、拳《こぶし》を口元に押し当てる。

いろいろあって混乱していた――たしかに、そう考えるのが妥当ではあるのだろう。少年は、保護されたときにも「みんなを殺さないで」と叫んでいたという。殺さないでも何も、他の村人たちは全員死後かなりの時間が経っており、自らが刺した父親も既に完全に息絶えていたというのに。

だが、と考えたところで、何かが引っかかるのを感じた。話し続けている金城の声が遠くなっていく。

この先に何かある、という気がしていた。

それは、詰将棋を解く際に抱く直感に近い。何となく、この駒がここに置かれていることが気になる、理屈というよりも感覚が、ここが正解に繋《つな》がる道だと告げている、というような。

私は、一度金城に謝ってから電話を切った。無音に戻った空間の中で、さらに深く、思考に潜り始める。

死なせたくなかったから、お父さんがお母さんを殺そうとしていたから、止めようとして刺した――少年の言葉を頭の中で何度もなぞった。

ここだ、と思う。ここに自分は引っかかっている。けれど、一体何に引っかかっているのか――

宙をさまよう視線が仏壇をかすめ、一拍遅れてその中の妻の遺影に焦点が合った。

——ああ、そうだ。

靄《もや》が晴れたように、疑問の核が浮かび上がる。

そもそも、自分は、「希望の村」の教義においては、死という概念自体が存在しないような感覚を持っていたのだ。

「肉体をミイラ化し、精神は教祖を通じて現世と繋がり続けることで永遠の生を生きる」のだと本当に信じているのならば、一般社会における「死」——心臓が止まって肉体が生命活動を止めること——は無意味な通過点に過ぎないはずなのだから。

そこには境目などないのに、なぜ、一般社会の常識を知らずに村の教義だけを教え込まれたはずの少年が「死なせる」「殺す」という表現を使えたのか——

「……別の境目があった？」

口から、つぶやきが漏れた。

その、自らの声に押される形で、さらに思考が進む。

そうだ、死者が埋葬されず、当たり前のように日常空間の中にいて話しかけられているという共同体で生まれ育った少年にとって、「心臓が止まり、呼吸をしなくなり、動かなくなる」ということは、「死」ではなかった。

むしろ、この教義において境目があるとすれば――

私は、小さく息を呑む。

「――埋葬」

死体が形を失い、日常空間の中から消えること。

脳裏に、記事を読みながら思い描いていたシーンが浮かんだ。

父親に繰り返し呼びかけながら、必死に父親の腹を引き裂いていた少年――その光景が、異なるものに塗り替えられていく。

父親が病に倒れたとき、既に共同体には、父親と少年の二人しか残されていなかった。

教祖までもが亡くなり、それ以前に死んでいながらも教祖によって「永遠の生」を授けられていたはずの教徒たちは、ただのミイラになった。

――そのとき、父親はそれまでと変わらない信仰心を持ち続けていられたのだろうか？

もはや、誰の声も聞こえない。死者と意思を疎通《そつう》させることなどできない。みんなが死に、そして自分もまた、死のうとしている。このままでは、息子も死ぬしかなくなってしまう。

父親は、少年とは違って、元々は一般社会で生まれ育った人間だった。

一般社会の死の概念に抵抗し、「希望の村」の教義にすがりついたものの、すべてが無に帰そうとしている中で、気づいてしまったのではないだろうか。

「永遠の生」なんて、嘘《うそ》だ。

人は、生命活動を止めれば、やはり死ぬのだ、と。

目をそらし続けてきたけれど、どう考えても死体の中には腐敗し始めている者もいる。これが病気を蔓延させた原因で、こんな宗教を信じ続けていたりしたせいで、妻を死なせることになってしまった――そして、自分が間違っていたのだと考えた父親は、少年にこう切り出したのではないか。

『お母さんを、埋葬しよう』

信仰から覚めた父親にとって、それは当然の案だったはずだ。

妻や村人たちを荼毘《だび》に付して、その冥福《めいふく》を祈る。衛生状態を良くし、せめて息子だけでも助けられるようにする。

だが、父親の言葉は、少年の耳にはまったく別の意味に聞こえたのだ。

――お父さんがお母さんを殺そうとしている、と。

私は、机上で伏せていた記事を裏返し、目を落とす。

〈役所の人間が施設内に踏み込んだ際、少年は、錯乱してこの刃物を振り回した。

「やめて！　みんなを殺さないで！」〉

――これもまた、そうだったのではないか。

少年は、錯乱していたわけではなかった。これは、少年にとっては、言葉通りの意味だったのだ。

役所の人間は、施設内の惨状を見て、すぐに劣悪な衛生環境であると感じたはずだ。死体が埋葬されずに日常空間の中に放置されているこんな状況では、疫病《えきびょう》が発生しないわけがない、と。

死体のそばから動こうとしない少年に対して、衛生面から説得しようともしただろう。

とにかくここを離れよう、大丈夫、お父さんも他のみんなも後から運んでもらうから。つらいかもしれないけれど、このままだとお父さんもかわいそうだよ。

きちんと埋葬してあげよう。

少年は慌《あわ》てた。せっかくお父さんを止めたのに、今度はこの人たちがみんなを殺そうとしている。

少年は、止めなければならないと考えた。

そして、少年にとって、刃物を刺して動きを止めることは「殺す」ことではなかったのだ。少年の中での「死」はその先にあったのだから。

だから、少年は躊躇《ためら》うことなく、父親に包丁を刺し、役所の人間にも襲いかかった
――

見開いた目の中心に、少年の投稿作が映った。

特殊ルールが反映されているようだと感じた、明らかに普通の詰将棋のルールとは異なる現象が起きていた、１二のマス。

１二のマスには、何かがあることになっているようだった。だが、このマスが初めから使えないわけではなく、ここには一度攻方の駒が打たれている。さらにその駒を取るために、もう一度玉方の駒も立ち入っていた。

一度は打てるし、駒を取ることもできるけれど、駒同士がぶつかり合った後は使うことができなくなる。そこには何らかの駒があると見なされる――

「……ミイラ」

そうつぶやいた途端、盤上で景色ががらりと塗り替えられた。先ほど、週刊誌を読

みながら思い描いていた光景が、まったく異なるものに変化していったのと同じように。

この詰将棋においては、取られた駒は相手の持駒にもならず、盤上から取り除かれもせず、その場でとどまっていた。――まるで、ミイラのように。

駒は、相手に倒されると〈ミイラ〉になる。

〈ミイラ〉は、相手を攻撃することも動くこともできないけれど、討ち取られたマスで留まっているから他の駒はその上を通れない。

そして、肉体がその場にあり続けることで他の駒の利《き》きも遮っている。

そう考えると、少年の作意手順にも、反論にも説明がつく。すべてのことに辻褄《つじつま》が合うのだ。

頭の中で、駒がパラパラと動いていく。

〈▲1三飛、△同角、▲1二銀、△同玉、▲1一金、△同玉、▲2三桂不成〉

少年の作意手順の通りに。

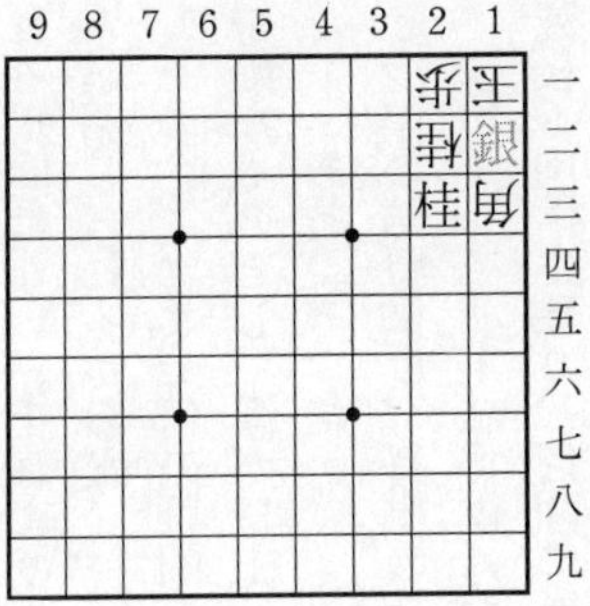

持駒　なし

最後、桂馬に王手をかけられた玉は、どこにも逃げることができない。隣と斜め前は自分の駒に塞《ふさ》がれ、前は、〈ミイラ〉となった銀に行く手を阻《はば》まれているからだ。

私は、仏壇の中の妻へ振り向いた。

私の記憶にある最期《さいご》の姿とはかけ離れた、よそよそしく、作り物めいてさえ感じられる健やかな笑顔。

——この世界では、生と死が分断されている。

死は遠ざけられ、美しく装《よそお》われ、存在しないものかのように扱われている。

顔を前に戻すと、少年の詰将棋の詰め上がり図が再び眼前に現れた。

そういえば、とふいに思う。

将棋においても、死の臭《にお》いはどこか希薄だ。

盤上のあちこちで戦いが起き、次々に駒が討ち取られていくものの、彼らは持ち駒としてゲームの中で生き続ける。

玉は必ず最後には討ち取られて死ぬことを運命づけられているが、実際に玉が取られる瞬間はない。それよりも一手前、王手を外す手がない時点で「詰み」としてゲームが閉じられるからだ。

その、これまで何の疑問を抱くこともなく受け入れていた基本中の基本のルールが、奇妙なものとして浮かび上がってくる。

――ああ、そうだ。

少年の詰将棋は、将棋の持つそんな本来的な性質を炙り出すものなのだ。

このフェアリー詰将棋において、死は、手が進むほどに盤上に刻みつけられていく。死後も肉体が残り、周囲に影響を及ぼすという法則によって、その存在感を増していく。

そして、そうした死と共存する世界の中で、それでも唯一《ゆいいつ》、ただ一人だけ死ぬことを許されない玉の孤独。

私は机の上に転がっていたコードレス電話の子機を手に取った。

金城にかけ直して、突然切ってしまったことを詫《わ》び、少年について考えたことを口にする。

そもそも、少年にとっての「死の概念」自体が、一般常識とは大きくずれていたのではないかということ、そして、彼が共同体での禁忌を避けるために取った行動こそが、この世界においては禁忌であったという、やるせない皮肉を。

『それは……』

金城は声を詰まらせた。

『そんなこと……いや、でも』

さらに私が、少年の詰将棋に適用されていると思われる特殊ルールを説明すると、嘆息混じりに唸《うな》る。

金城は、数秒の間を置いてから、確認してみます、と言って、電話を切った。

私は、子機を今度は充電器に戻し、もう一度少年の投稿作を見つめる。

少年は、父親との思い出をなぞるために、再び詰将棋に取り組むことにしたのだろう、と思っていた。

だけど、そこで詰将棋を選んだ理由は、それだけではなかったのではないか。

——詰将棋には、「正解」が用意されている。

地道に可能性を検討していきさえすれば必ず出口に辿り着けると約束されている。

私は、少年からの反論を受け取ったときに考えたことを思い出していた。

そして、共通のルールを元にやり取りしなければ、すれ違い続ける、と考えたことを。

少年は、これまで過ごしてきた世界から突然切り離され、まったく異なるルールに満ちた世界に、たった一人で放り込まれた。

根本からすれ違い、それゆえに犯した罪を問われ、自分なりに正直に話しても誰からも理解してもらえず、おまえが信じてきたことはすべて間違いだったのだと諭された。

おそらく、周りの大人たちも頭ごなしに少年を責めることはしなかっただろう。なぜなら、少年自身が悪いわけではなく、少年が信じ込まされてきたルールが悪かったせいなのだから。

誰もが、図らずも父親を殺してしまった少年を哀れに思い、今後この世界で生きていく少年のためを思って、この世界のルールを教え込もうとしたはずだ。

だが、そうして、物心ついた頃からずっと信じてきたものを周囲のすべての人間から否定された少年の目に、この世界はどんなものに映ったのか。

――何が正解なのかが、まったくわからない世界。

それはきっと、死生観に関わる話に限らなかっただろう。

たとえば、ある食べ物を美味《おい》しいと思う。たとえば、ある物語を悲しいと感じる。

たとえば、ある景色に美しさを見出《みいだ》す。

そうした、あらゆる認識について、これは本当に正しい感覚なのだろうかと迷わずにいられなかったのではないか。

そんなあまりにも寄る辺ない中で、少年は、こちらの世界にも「詰将棋」があることを知った。

これならば、自分にもわかる。これならば、自分でも「正解」に辿り着くことができる――感覚や感情に左右されず、純粋に論理だけを積み上げていけば必ず共通した答えを導き出せる詰将棋が、少年にとってある種の救いだったのだとしたら。

少年に残された、この世界と通じることができる唯一の方法――けれど、この詰将棋もまた、父親によってルールを変えられたものだった。

数日して、金城から連絡が来た。

『常坂さんの推理の通りだそうです』

金城らしからぬ低いトーンで言われた言葉に、私は強く目をつむる。

『〈だから、どれだけ考えても解けなかったんですね〉と、手紙にはあります』

私は、顔を手で覆《おお》った。

やはり、少年は、『詰将棋世界』に載っている問題も解こうとしていたのだ。

何日もかけて作品図面をにらみ、一つ一つの手を考えながら進め、それでも出口に到達することはできなかった。

あの「フェアリールール」で考え続けている限り、本来の詰将棋のルールを元に作られた問題は解けないのだから。

「金城さん」

私は、手を下ろして口を開いた。

「私からも手紙を書いたので、これを園田くんに転送してもらえますか」

この数日の間に書き上げた手紙を、そっと見下ろす。

余計なことは書くつもりはなかった。そうでなくとも、事件について踏み込んだことを書けば、少年の元まで届けられなくなってしまうだろう。

だから、ただ、詰将棋だけを送る。

少年が信じてきたフェアリールールに基づいて、私が新しく作った詰将棋だけを。

いいんだよ、と伝えたかった。君のフェアリールールは、決して間違いじゃない。この世界の一般的なルールとはたしかに違うけれど、これはこれで、あっていいんだ。

詰将棋はルール自体を自由に作ってもいいもので、そして、他者と世界を共有するものなのだから、と。

盤上の糸

1 亀海要

運命を分ける瞬間は、多くの場合、過ぎた後にあのときがそうだったのだとわかる。

亀海要《かめがいかなめ》にとっての岐路は、今から十八年前、八歳の誕生日にあった。

玉子のお寿司《すし》が食べたいという彼のために、父親が車を出し、自宅から二十分ほど離れた回転寿司店に行くことになった。

十七時十分に家を出ることになっていた。

夕食には少し早いが、店は平日でも夕飯時には混雑する。帰宅してからケーキを食べることを考えれば、むしろちょうどいい。父親の判断に従い、要も十七時五分にはすべての支度を終えていた。

靴を履いて車に乗り込むという段になり、母親にトイレに行っておくようにと言われた。要には、二十分ほどの乗車時間ならば途中で行きたくなることはないのにという思いがあったが、特に反論することもなく靴を脱いだ。

用を足し、水を流したところで、トイレットペーパーが切れていることに気づいた。自分が切らしたわけではないが、次に使う人が困ることになる。背よりも高い位置にある戸棚の扉を開け、一つ取り出そうと腕を伸ばすと、誤って三つ落としてしまった。再び背伸びをして棚に二つ戻し、一つを付け替え終えて車へ向かった。

父親が車を発進させたとき、予定時刻を二分過ぎていた。たった二分。その遅れを、彼も両親も気にすることはなかった。

だが、結果的にはその遅れのために、彼らは十七時十六分に県道で起きたトラックの横転事故に巻き込まれることになった。

あのとき、トイレには行かなくて大丈夫だと反論していれば。あのとき、トイレットペーパーを付け替えようとしなければ。あのとき、トイレットペーパーを落とさなければ。

どれか一つでも違えば、彼らの乗る車がトラックの真後ろを走ることはなかった。数え上げればどこまでも細かく見つけ出し続けることができる岐路を、けれど彼が具体的に数えることはなかった。なぜなら、両親の命を奪ったその事故で、彼は頭部に深い損傷を負ったからだ。

彼が意識を取り戻すまで、十日間の時間を要した。目を覚ましたとき、彼は事故当日のことを何も覚えていなかった。

ただ、様々な岐路を誤って進んだのだという実感だけがあった。それは、茫漠《ぼうばく》としているからこそ、確固たる存在感を持っていた。

それでも彼が際限のない後悔に飲み込まれることがなかったのは、現在進行形の問題が無数にあったからだった。

事故に遭って以来、彼は目にしたものを正しく認識することができなくなっていた。たとえばハサミを目の前に置かれても、それが何かを切るための道具であることがわからない。大きさは十五センチほどで、穴が二つ空いていて、銀色の金属で出来た部分が二股《ふたまた》に分かれるということは認識できるのに、その物体の意味するところが推測できない。

「これに着替えなさい」と洋服を渡されても、どれを身体《からだ》のどの部分に着けるべきものなのか——シャツなのかズボンなのか下着なのか——わからずに、途方に暮れるしかなかった。

シャツ、という概念が彼の中に存在しなくなったわけではなかった。言葉も覚えているし、シャツが上半身に着ける、ボタンのついた洋服であるという認識は依然としてある。だが、その実物を目の前に差し出されたとき、その細長い二本の筒と太い筒が組み合わさった布が、シャツであるという事実に繋《つな》がらない。

彼は、亡《な》くなった両親の写真を見ても、それが両親だと実感することができなかった。二人の人間で、一人は背が高くてもう一人は髪が長いということがわかるだけで——それだって、両親の写真だという事前情報があったからだ——そこにあったはずの愛着も胸を掻《か》きむしりたくなるほどの懐《なつ》かしさも、少しも湧《わ》いては来ないのだった。

お父さんとお母さんに会いたい、と彼は思った。けれど、彼らは記憶の中にしか存在せず、それは時を経るごとに否応《いやおう》なく薄れていく。彼は、消えゆく輪郭をなぞる手段を持っていなかった。

ひどく曖昧《あいまい》な、これまで意識することもないほど当然に繋がっていた糸が断ち切られた世界の中で、彼を繋ぎ止めたのは、彼の祖父母だ。

祖父母は根気強く、彼の前に糸を示し続けた。

彼に失認の症状が出るのが視覚においてのみだと判明すると、聴覚や嗅覚《きゅうかく》や触覚を使ってあらゆるものの固有性を認識させる訓練を始めた。

食べ物の匂《にお》いを嗅《か》がせ、椅子《いす》を動かすと鳴る音を聞かせ、彼が照明のスイッチをひたすらつけたり消したりするのを自由に任せた。椅子やコップやカトラリー、洋服やリモコンや文具など、日常で使うあらゆるものを置く場所に白いビニールテープで印をつけて必ずそこに並べ、習慣に馴染《なじ》ませた。

彼がミスを犯しても——鞄《かばん》を履こうとしたり、鉛筆を食べようとしたりした——決して咎《とが》めず、笑わなかった。ただ、彼が挑戦したことを褒め称《たた》えながら、正しい答えを口にするのだった。

祖父も祖母も仕事を持っていたが、幸いなことに彼らの仕事は多くの時間自宅でできるものだった。

祖母は、装身具を作る職人だった。

天然石を加工し、それぞれの石に合わせて製作した石座に嵌《は》めて指輪やネックレス、イヤリングに仕立てる。何の変哲もない石——少なくとも、彼にはそれらが何という名前の石なのか認識できなかった——が、祖母の手にかかると、眩《まばゆ》いほどの輝きを放つ宝石になる。

彼は、祖母の仕事を側《そば》で見ているのが好きだった。

祖母は、じっくりと石を観察する。その声に耳を澄ませるように、一つ一つの模様や傷や歪《ゆが》みを味わい、それが最も美しくいられる形に加工して組み合わせた。

祖母の出会わせる石同士から伸びる糸は、初めから一本の線であったかのように滑らかに繋がっていた。魔法のようだ、と彼は何度もため息をつきながら思った。収まるべき場所に収まった石たちは、のびやかに会話をしていた。その華やかな笑い声が溢《あふ》れ出てくるような装身具は、多くの人から求められ、祖母の仕事が途切れることはなかった。

祖父の職業は、将棋の棋士だった。

九かける九のマス目が引かれた四角い木の塊の上に、いくつもの種類の文字が書かれた小さな木の欠片《かけら》を並べていた。

小さな木が大きな木に打ちつけられる音を、彼はいつも聴いていた。それは高く澄んで響くこともあれば、でこぼこ道を這《は》うように濁っていることもあった。誇らしげに歌うときもあれば、低い呻《うめ》きにかすれることもあった。

その小さな木の欠片からは、木と革と煙脂《やに》と汗と雨と埃《ほこり》と古い油が混じり合ったような匂いがした。祖父の匂いだった。

欠片たちには、いつも煙草《たばこ》を吸っている祖父の部屋の壁紙のように、様々な濃さの黄色がまだらに滲《にじ》んでいた。要は、その中に揺るぎなく浮かび上がる文字を、幾度も撫《な》でた。つるりとしていて柔らかく、それでいて輪郭を薄めることのない記号は、彼を安心させた。家中に貼《は》られた白いビニールテープのように。

欠片たちは、それぞれわずかに異なる音を立てていた。膝《ひざ》を抱えてそれらが奏《かな》でる音楽に身を委《ゆだ》ねるのが、彼は好きだった。

やがて祖父は、異なる音を立てる欠片たちに与えられた動きと役割を説明したが、要にとっては新しく覚えなければならない法則ではなく、それまでに感じ取っていた差異に言葉が与えられたに過ぎなかった。

けれど、言葉は大事だった。言葉は、輪郭を作る。たしかな糸が生まれる。一つの欠片から伸びた複数の糸は、マス目の上で絡《から》み合い、うねうねと蠢《うごめ》き続けていた。祖父が欠片を動かすと、その複雑で奇妙な均衡を保った立体は、すばやく姿を変えた。嚙《か》みつくように、飛びすさるように、羽ばたくように、身を縮こまらせるように。

要は、身を乗り出してその動きを追った。だが、彼がその生き物の肩の高さや指先の形や牙《きば》の長さを測り終えることはできなかった。それは、一時として形を留めることがなかったからだ。

彼は、マス目の上からはみ出して部屋全体へと広がっていく生き物の息吹《いぶき》を感じ続けた。時に張り詰め、時に大きく姿を歪ませ、時に自身を食い破る気配と祖父が格闘する様子を、全身で見守り続けた。

要よりも何十年も長く生き、白いビニールテープに確固たる言葉を書き込める祖父もまた、糸の先を摑《つか》みきれず、もがいていた。祖父は、自身の限られた生の中で摑みきれる日は来ないことを知りながら、それでも目を凝らすことをやめなかった。

それは、これから先の人生の途方もなさにすくんでいた少年を肯定する、たしかな救いだった。

祖父は彼に、様々な定跡を教え、問題を与えた。数え切れないほど多くの対局をし、自身のものに限らず、持っているすべての棋譜を彼に見せた。

彼は、夢中になって棋譜を見つめた。どれだけ見ても見飽きることはなかった。記号が並んだだけの紙切れは、見知らぬ場所へ一人で行くことがかなわない彼を、どこまでも遠くへ連れて行ってくれた。人の顔を判別できない彼に、様々な人間と出会わせてくれた。

やがて祖父は、彼を奨励会に入れることにした。家の外へ出て、祖父以外の人間と将棋を指すということへの躊躇《ため》いが要にはあったが、祖父は譲らなかった。おまえは生きる道を見つけなければならない。その先に飲み込まれた言葉を、少年も理解していた。祖父は、先に死ぬ。

事故に遭ってから丸二年が経《た》つ頃には、彼はある程度は支障なく日常生活を送れるようになっていた。脳の機能が回復したわけではない。だが、人間とは不思議なもので、ある機能が欠損していれば、別の機能がそれを補うようになるのだった。

彼は、視覚以外の感覚を総動員して糸を手繰り寄せた。どうしても判断がつかないとき、相手に失礼にならないように尋ねる術《すべ》も身に付けた。それでも学校生活は総じてつらいものだったが——給食に虫を入れられたり、下駄箱に濡《ぬ》れた雑巾《ぞうきん》を押し込まれても、彼はそれを本来入っているべきものだと信じて行動し、酷《ひど》い結果が起こるまで気づけなかった——中学三年生の秋に三段まで昇段すると、高校には進学しないという決断をすることができた。

彼が無事に四段に昇段して棋士になったのは、十八歳の春だ。

その頃には祖父は既に現役を退いていて、祖母も多くの仕事は受けないようになっていた。誰よりも自分を慈《いつく》しみ、育ててきてくれた祖父母に、自分の行く末に対する心配をこれ以上かけずに済むことに、彼は深く安堵《あんど》した。

何より、棋士としての仕事である対局や研究自体が、彼には喜びだった。当然のことながら、すべての対局に勝てるわけではなく、勝てたとしても悔いの残らない対局などなかったが、それでも強い相手との対局で現れる生き物は美しく、複雑で、光に満ちていた。

今、要は対局室全体に広がって蠢き続けている生き物を見つめている。

これまでに目にしたこともないほど巨大で、繊細で、激しく昂《たかぶ》り、同時に深海の底のような暗さを孕《はら》んだ生き物を。

2　向島久行

▲7二銀成、という文字がすぐに浮かんだ。
これはわかりやすいな、と向島久行《むこうじまひさゆき》は思う。誰でも第一感として思いつくようなオーソドックスな手だ。

久行は盤面を見つめたまま、湯のみに手を伸ばす。

一口あおってから視線を滑らせると、持ち時間は一時間を切っていた。

もちろん、わかりやすい手であっても、指す前にその後の変化を丁寧に確認することは大切だ。将棋においては、一手のミスが命運を分けるのだから。

だが、それでも中盤のこの時点で持ち時間の差が約一時間というのは、さすがにバランスが悪い。

しかも――既にこちらは形勢まで損ねているのだ。

はっきりとした悪手はなかったはずだ。だが、最善手ではなく次善手を積み重ねているうちに、じりじりと形勢が悪くなってきている。嫌な選択を迫られることも増え、それによって時間を使わされているのは明らかだった。

使っているのではなく、使わされている――この感覚がするときは良くない、と久行は経験上知っている。

久行は苛々《いらいら》と中指の先で膝を叩《たた》いた。早く指さないと――しかし、久行の思考とは裏腹に、盤の前にある身体は動かない。思考よりももっと深く、本能的な何かが危険を感じ取っているかのように、見えない壁の前で上体が押し戻される。

何だ、ここに何がある――

浮かんでいた手が、ふいに消えた。

瞬間、思考が完全に空白になる。

久行は身を乗り出した。目を凝らし、新たな手が現れるのをじっと待つ。

――▲8二飛。

一拍置いて、ああ、そうか、と腑《ふ》に落ちた。なるほど、☗7二銀成ではなく、そういう方法もあるか――いや、たしかにこの方が いい。

盤面から視線を外し、その後の変化を確認していく。☗8二飛は桂馬と銀の両取りだが、銀は王手を遮っている駒《こま》だから逃げるわけにはいかない。亀海要は銀を守るために6一に香《きょう》を打ってくるだろうから――だが、ふいに△6七馬という符号が頭の中に飛び込んできた。

久行は目を見開く。

――え？

〈普通に考えれば、自然な手は☖6一香の方――〉

困惑が滲んだ声が、頭を揺さぶるように反響した。

☖6一香、☗7二銀成と進めば、亀海はひとまず安全を確保した上で一瞬の隙《すき》を突いて寄せにいくことができるはずだ。

――なのに、なぜ、☖6七馬なのか。

久行は拳《こぶし》を口元に押し当てる。

☖6一香のどこがいけない。何が起こる。盤面を睨《にら》み、懸命に脳内で駒を動かし――

〈☖6一香に対し☗7七金寄として危機を回避すれば――〉

全身がぶるりと震えた。

——そうか。

亀海は、ここで安全策など採らずに踏み込むべきなのだ。こちらに自陣を引き締めさせる時間を与えてはならない。

久行は汗ばんだ手のひらを太腿《ふともも》で拭《ぬぐ》い、お茶をあおる。盆に戻した湯のみが鈍い音を立てた。

これは、罠《わな》だ。

相手に運命の二択を突きつけるチャンスが、こんなところにあった。

亀海が罠にかからずに踏み込む手を選べれば、後手がさらに優勢となる。だが、はまって☖6一香と銀を守ってしまったら、形勢は反転する。ここからこちらが勝利をもぎ取るためには、勝負をかけるしかない。
▲7二銀成という文字は、どんどん流されていって、やがて消える。危なかった、と久行は胸を撫で下ろした。
危うく、チャンスを逃すところだった。

——やはり、ここはきちんと立ち止まって考えるべき局面だったのだ。

一局の中には、事前の研究で押さえておいて持ち時間を節約すべきところと、時間をかけて深く読み進めるべきところがある。中盤以降は研究した局面がそのまま現れることは少ないから、どちらにしてもしっかりと読みを入れなければならないが、それでも一手一手を徹底的に読み尽くすことなど不可能だ。

そもそも、各局面における可能な指し手は平均して約八十通りもある。すべてを読み尽くそうとすれば八十かける八十かける八十……とすぐに天文学的数字になってしまうわけで、現実的には有望だと思われる二、三手について読み進めていくしかない。その二、三手ですら、読み抜けがないように検討しようとすれば、時間などいくらあっても足りないのだ。

特に終盤になればなるほど読みの精度が求められる以上、序中盤においてはある程度の目算が立った時点で踏み切るべきときがあり、ここもそういう局面かと思ったのだが——

久行は、唾《つば》をゆっくりと飲み下す。

——これは、もはや中盤ではない。

一度見えてしまえば、進むべき道は明らかだった。

ようやく上体が前に傾き、腕が駒台へ伸びる。

パシィ、という小気味良い音が響いた。

☗8二飛。

久行は鼻から長く息を吐き出し、対局相手の顔をじっと見つめた。

——亀海は、気づくだろうか。

亀海は、盤上に顔を向けたまま、微動だにしない。けれどその目は、盤を凝視しているわけではなく、空《くう》を見ていた。

老竹色《おいたけいろ》の、二十代半ばの若者が着るには渋すぎる和服に身を包んだ亀海は、対局中、ほとんど盤を見ていない。放心したように天井を仰いでいるときもあれば、居眠りでもしているのではないかと思うほど長い間目をつむっていることもある。その様は、実年齢よりもさらに若く、いっそあどけなささえ感じさせる外見に反して、やはり老成した印象の羽織に馴染んでいた。

亀海要がタイトル戦で身に着ける和服は、どれも師匠であり祖父でもある亀海恭《きょう》から譲り受けたものだという。

亀海恭は、タイトル獲得回数五回、A級順位戦通算在位数二十一期という一流の棋士の一人だったが、目立ったエピソードや強烈なキャラクター性はなく、孫以外の弟子を取らなかったこともあってか、十年ほど前にC級2組から降級したタイミングで引退して以降は、名前を聞くこともほとんどなくなっていた。

その亀海恭が、奨励会の例会にもついてくるほどの甲斐甲斐《かいがい》しさで育て上げた亀海要は、変わり者が多い将棋界の中でも群を抜いて変わっているという噂《うわさ》だった。常に頭の中は将棋のことで一杯なのか、タイトル戦の前夜祭で対局相手と新聞社の記者を間違えたり、対局後靴を履き忘れて帰ったらしいという、嘘《うそ》なのか本当なのかわからないエピソードもあり、将棋ファンへ向けたイベントや解説などの仕事は滅多にしないにもかかわらず、妙にファンの多い男だった。

今も、二十年以上前に流行したようなデザインの眼鏡をかけた亀海要は、羽織から突き出た白く細い腕の先で、ゼリー飲料を握り込み続けている。

対局中、扇子を弄《もてあそ》ぶ棋士は少なくないが、飲食物を、しかも片時も離さずに持ち続けている人間は、彼の他に見たことも聞いたこともない。

以前、インタビューで『なぜ、対局中にゼリー飲料を手にしているのか』という質問を受けていたが、そのときの彼の答えは、手にしていると落ち着くからというようなものではなく——それなら、まだ少しは理解できる気がする——『持ち続けていないと、どこに置いたかわからなくなってしまうから』というものだった。

それが、亀海要なりの冗談なのか、あるいは、何か他に答えたくない本当の理由があって、煙《けむ》に巻くためにそうした答え方をしたのかは、久行にはわからない。だが、いずれにしても、このつかみきれない男が、そうであるがゆえに強敵であることはたしかだった。

今回、挑戦者が亀海要に決まった時点で、久行は彼の過去の対局の棋譜をいくつか見てみたが、いまいち傾向が読みきれなかった。

矢倉もあれば、角換わりもあり、棒銀もあれば、定跡から大きく外れた力戦もある。とにかく戦術の幅が広く、しかも時折、何だこれは、と思うような手を指すのだ。

ＡＩが示す評価値で言えば疑問手としか思えない一手——だが、その意図のはっきりしない、手渡しとしか思えないような手が、かなり後になって重要な意味を持ってくる。なのに、その途中では展開をすべて読みきっていたようには思えない動きをしていて、誰もがあれはただの悪手だったのだと決めつけた頃にそれをひっくり返す。

亀海要の棋譜を見ていると、将棋においては一手も取り消すことはできないのだ、という当たり前のことを改めて突きつけられるような気がした。

どれほど戦場から離れた、展開を読めば読むほど忘れ去られてしまうような一手であっても、消えることはない。指した手も、指さなかった手も、対局が終わるまでは八十一マスの中にくっきりと刻み込まれている。

だからこそ、将棋は怖い。

一手一手、気が遠くなるほど丹念に積み上げてきても、たった一回、駒の位置や動かすタイミングを誤るだけで、すべてが一気に台無しになる。最善手も悪手も連続して盤上にあり、それは誰の目からも隠すことはできないのだ。

——この男は、気づくんじゃないか。

ふいに、そんな気がした。

現局面に潜む罠。

ここが、運命を変える岐路だということに。

久行は、忙《せわ》しなく上体を前後に揺する。手の中の扇子を薄く開いては閉じ、閉じては開く。紙と竹が当たる乾いた音が耳障《みみざわ》りに響く。

やめろ、と祈るように考えていた。

ここで深く考え込むな、第一感に従って早く指せ——

3　亀海要

飛車が8二の地点へ動かされた瞬間、対局室一杯に広がっていた生き物は、長く伸ばしていた糸をしゅるしゅると縮ませて盤上に収まるほどの大きさになった。

そこから再び、空気を弾《はじ》くように芽吹き、茎を伸ばし、蔓《つる》を絡ませ、葉を広げて生い茂っていく。

男の、見知らぬ地へ裸足《はだし》で分け入っていくような軽やかな旺盛《おうせい》さと、凛《りん》と姿勢を正し、足の指のすべてに体重をかけて土を踏みしめるような重厚さは、要に祖母の作る装身具を思わせた。

遠い異国から運び込まれてきた石たちは、それぞれそれまでに吸い込んできた空気の温度も湿度も匂いも色も異なっていたが、祖母の手のひらに載せられると、みな一様にくつろいだ様子を見せた。

祖母は無数の皺《しわ》が刻まれた温かく柔らかい手で長旅をねぎらい、彼らからの土産話に耳を傾けた。石たちと祖母のおしゃべりは、長い時間をかけて行われるカウンセリングだった。祖母は、石たちが歩んできた過去、そこから繋がる今をありのままに肯定した上で、あなたにはもっと心穏やかに自由に生きる権利があるのだと語りかけた。祖母が石を加工するときに響く音は、未来を縛る記憶と決別する鋭さと同時に、新たな生を生き直す高揚に満ちていた。

要は、目から受け取る情報を知識や記憶と結びつけて類推する能力は損なわれていたが、その分、人よりも注意深く対象を見つめ、多くの断片を曇りなく受け止めることができた。そして、彼には木漏れ日に照らされた落ち葉のような茶色、海中から見上げる空のような青、というような連想を含んだ認識はできないにもかかわらず、祖母の作った装身具から滲み出る温かさや祝福、いたわりや郷愁や希望は感じ取ることができるのだった。

その、正体がわからないからこそ濃くたしかなものとして浮かび上がる気配が、今、要が対面している男が編み出していく生き物からも現れていた。

男は、それまでに自身が積み上げた手の流れに縛られない。目指す形があり、そのために犠牲を払いもしたはずなのに、一手一手を切り離して、その時点での最適解を導こうとする。

だが、最善手を見つけるためには、点だけを見るわけにはいかないのだ。その後に起こり得る展開を辿《たど》り、流れを見極めなければ、手の意味を図ることはできない。流れに目を凝らしながら、流れを裏切る矛盾。

男について、〈AIに最も近い男〉だと評する声を聞いたことがある。

長年、棋士の頂点である名人を破ることを命題としていたAIは、二〇一七年に目標を達成し、もはやその強さは誰もが疑いようがないものとなっていた。

今や棋士たちの多くが、研究に将棋ソフトを用いる。

人間と指すよりもソフトとの対局数の方が多い者もいれば、自らが対局で指した手や特定の局面の形勢を検討するためだけに用いる者もいれば、ソフトを研究に使うことはないと断言する者もいたが、誰であれ、AIの存在と無関係に棋士を続けていられる人間は一人もいなかった。

日々対局を繰り返していれば、必ずAIの影響を受けた相手と戦うことになる。将棋中継ではAIが算出した「評価値」が画面上に表示され、どちらがどれだけ優勢なのかがパーセンテージで示される。最善手が明示され、それ以外の手を指せばどれほど形勢を損ねるのかも、すべて数字で表される。

元来、将棋とは玉の堅さ、駒の損得、駒の働き、手番がどちらにあるかなどを元に、形勢を見極めながら指し進めるものだが、AIが判断材料に用いる条件は、人間のそれよりも格段に数が多く、精度が高かった。

必然の結果として、AIが導き出す「正解」をいかに正確に指し続けられるかが注目されるようになった。

将棋中継を見る観戦者は「正解」を画面で確認しながら、棋士が実際にはどう指すのかを見守る。解説でも、AIの示す候補手順が参照される。「正解」を指せば棋士は称えられ、そうではない手を指せばミスを咎めるコメントが観戦者によって書き込まれる。

棋力とは関係なく、誰でもスポーツ観戦のように将棋を楽しめる時代になり、さらにAIの導く「正解」が重視されるようになった。

男は、「正解」を指す回数が他の棋士に比べて格段に多かった。人間では到底思いつけない、あるいは思いついたとしてもあまりの変化の難しさに躊躇《ちゅうちょ》するような手であっても、勇敢に指しこなしてしまう。

要は、盤を離れて男と会えば他の人間との区別をつけられないが、棋譜を見せられれば、すぐに男のものだとわかった。

男が盤上に描き出す立体は、濃く、歪《いびつ》だった。安らぎを与える法則性がなく、不気味なほどの鋭さがあった。

しかし、AIの棋譜に対して感じる印象と同じかと言えば、そうではなかった。

男の指し手には、AIのそれにはない湿度があった。絶対に負けたくないという執念や限られた時間への焦《あせ》りがあり、迷いや恐怖や楽観や怒りや自棄や過信や失望がないまぜになっていた。

軽妙で豪快な話術を解説の仕事やインタビューで披露し、多くの人から明るい自信家だと思われている男の手の糸は、時にかすれ、時に千切れ、時に繋がる先を見つけられずに途方に暮れて彷徨《さまよ》っていた。盤上の糸は、社交的で口数の多い男自身よりもなお雄弁だった。

要は、絡まり合ってもがき続けている二色の糸に目を凝らしていた。

身体が大きく膨らむほどに、生き物の姿は淡く曖昧になった。ぶれて何重にも見える線の解像度を上げようと焦点を絞るほど、姿は揺らぎ、糸の先は彼の手をすり抜けた。

今、彼の前に並んでいる選択肢は、二つだった。☖６一香か、☖６七馬。糸自体に光を注がれているかのように、二つの手が紡《つむ》ぐ立体が濃く浮かび上がっている。

だが、どちらの像を選び取るべきなのか、彼にはわからなかった。

ただ、何となく、☖６一香の方が意識に強く訴えかけてくる。

それは、この先に現れる姿が、まるでそのためにしつらえられたかのように調和しているからだった。

この美しい模様を、盤上に描きたい。

願望を振り払うのは難しかった。けれど、美しすぎる、ということが気にかかっていた。これほどまでにくっきりとした線を、この男が見逃すはずがない。

男が気づいた上で進んできている以上、軽率に飛びつくのはあまりに危険だった。

要は、盤を挟んで対面している男へ、顔を向けた。

白髪交じりの微《かす》かにうねった髪、象牙色《ぞうげいろ》の着物に、灰色の羽織を合わせている――そうした情報をなぞっても、やはり、それが対局相手の男であるという実感は湧かなかった。

いや、本当のところ、単純な色や形でしかないそれらが髪である、着物である、羽織である、ということ自体、後から知識として付け足した情報に過ぎないのだ。

自覚した途端、急速に視界から輪郭が消えていくのを感じて、要は慌《あわ》てて目を伏せた。逃げ込むように、すがりつくように、糸の海へと身を沈める。

ものとしてのまとまりがないために、線と光だけが暴力的に溢れている世界の中で、ここだけが静かに、彼を包んでくれていた。

再び盤上から広がり始めた生き物は、淡麗な姿を要に見せた。

ふいに、分岐がなかっただけかもしれない、という気がした。男はこの後の展開を捌《さば》く算段をつけて進んできたわけではなく、ただ、ここでは道を逸《そ》らすことができなかっただけなのではないか。

生き物の気配が遠ざかっていく。

そうだ、数手前から、ほんの少しこちらの方が指しやすい展開になってきていた。形勢がこちらに傾いているのだとすれば――劣勢の側は、進めば余計悪くなるとわかっていても、進まされることがある。

要は、わずかにずり下がっていた眼鏡を押し上げた。

相手がこの先で複雑な変化を狙《ねら》ってくるのだとしたら、できるだけ持ち時間を取っておいた方がいい。

早く指せ、と自分に強く言い聞かせる。決断しろ。踏み込め。躊躇っている暇はない――

4　向島久行

まだ指さないのか、と久行は拳を握った。

奥歯を噛みしめ続けているせいで、こめかみがズキズキと痛む。

もうダメなんじゃないか、という気がした。きっと亀海要は、正解を指してくる。

――☖6七馬で一気に斬《き》り込んでくる。

それに対し、☗6七同金とすれば☖7一金で打ったばかりの飛車を捕獲されてしまうから、こちらも斬り合いには応じずに☗6二飛成と踏み込んでいくしかない。だが、それでも☖5二金、☗5一銀と進んで、後手玉に3一へ逃げられてしまえば捕まえられなくなる。後手の勝ちだ。

——これで、タイトルを失うのか。

考えた途端、胃の腑が下に引っ張られるように重くなった。〇勝二敗で迎えた五番勝負の第三局。もう後がない。

ここまでの戦いも、決して一方的な展開ではなかった。どちらが勝ってもおかしくない局面が続き、けれど最後の最後で押し切られて負けた。本当に紙一重の差だったのだ。

だが、このままストレート負けを喫すれば、多くの者はそう思わないだろう。圧倒的な実力差があって、なす術もなくタイトルを奪取されたのだと、世代交代というやつだろうと、そう考える。

さすがに寄る年波には勝てないよな——まだ言われたわけでもない言葉が脳裏で響き、耳の裏がカッと熱くなった。

四十五歳。

たしかに、棋士としての絶頂は過ぎている。

一般的に、棋士のピークは二十代半ばから三十代前半にあると言われている。体力、記憶力、経験、判断力がバランスよく揃《そろ》う時期だからだ。

若すぎると、勢いと体力で大胆に力を発揮できても、経験が少ないために大局観を持てず、形勢を損なうことがある。その後歳《とし》を取るにしたがって、記憶力や判断力は低下してくるが、その分大局観が備わってくる。両方をちょうどよく兼ね備えられる時期が、二十代半ばから――この亀海要くらいの年頃なのだ。

特に昨今はAIの台頭もあり、昔ながらの研究法に馴染みすぎているベテランほど苦しい傾向にあった。

流行形の移り変わりが激しく、事前研究がものをいう展開が増えた。ベテランの方が優位に立っていた「大局観」も、AIによる形勢判断に取って代わられてきている。若い頃ほど研究の時間が取れなくなり、新しいやり方を学ぶにも腰が重くなりがちな世代は、昔よりもさらに立ち位置を維持することが難しくなってきていた。だからこそ、こうして四十代で将棋ソフトを使いこなし、タイトルを持ち続けていることを称えられてきたのだった。

現実的に考えて、今後も引退するまでタイトルを持ち続けていくことは不可能だろう。この先、下り坂を辿らざるを得ないのは仕方ない。

だが、亀海要に負けることだけは受け入れがたかった。

亀海要は、二十代の棋士ながら将棋ソフトをほとんど使わないことで知られる存在だ。祖父に教えられた昔ながらのやり方で棋士になり、それでタイトル戦にまで上り詰めてきた。

他の若手ならばともかく、この男にだけは負けられない。

久行は苛々と扇子を鳴らした。

いつまで考えているんだ。──一体、何を見ている。

亀海要は、不気味なほどに静かだった。身体にも表情にも動きがなく、植物のように、ただじっと座っている。あのときは特に何も考えていませんでした、と後に言われたら納得してしまいそうな生気のなさで、だが、膨大な思考を飼いならす迫力のようなものも感じられるのだった。

──早く。

早く、指してくれ。

久行はそう祈りながら、同時に諦念《ていねん》に飲み込まれていく。

亀海要は、罠に気づいている。だから、こんなにも考え込んでいる。

〈このまま持ち時間を使いきって最後まで読みきるつもりかもしれない〉

ダメだ、それでは勝てなくなる──

そのときふいに、亀海要の腕が動いた。

――どっちだ。どっちへいく。
指先が、香車をつかむ。
〈あ！〉
久行は、息を呑《の》んだ。
一瞬、目の前の光景が信じられない。
△6一香。
――間違えた。
全身の肌が一気に粟立《あわだ》った。

5　亀海要

指が駒から離れた瞬間、指先から何かを抜き取られるような感覚を覚えた。
咄嗟《とっさ》に丸めた指が、宙を掻く。
立体を見つめ直したわけでもないのに、間違えたのだとわかった。
ど、ど、ど、と身体の中心が激しく脈打ち出す。視界が暗く、狭くなっていく。
要は、悲鳴のような音を聴いていた。

自分は、石を叩き割ってしまった——

長い年月をかけて奇跡のような原子の配列を繰り返し、風や雨や衝撃に傷つけられ、それさえも取り込んで模様を描いてきた、世界にまたとない石を、自分が台無しにした。

身が震え、一気に頭に上った血が急速に落ちる。

同じ配列を繰り返して同じ傷を与えていけば、また同じ形と模様の石は作れるかもしれない。だが、それは本物ではない。今、ここに情熱と恐怖と躊躇いと発見を飲み込んで作り上げられていた石は、後から模してなぞったとしても別物にしかならない。

祖母は誤って石を欠けさせてしまったとき、喪に服するように他の仕事の手を止め、その死を悼《いた》んだ。

だが、彼は、ここで立ち止まるわけにはいかなかった。

目の前の男が、身を乗り出して盤上を見つめている。

共に石を作り上げていた男は、たった今与えられた傷からさらなる模様を描き出そうとしていた。今、この瞬間しか刻めない光を、本当に刻むべきなのか慎重に吟味している。

要は、奥歯を強く噛みしめた。

将棋を指していると、すべてを投げ出して謝ってしまいたくなる瞬間が何度もある。取り返しがつかない間違いを犯してしまった時点で、盤上に手を伏せ、一からやり直してしまいたくなる。やり直すことができれば、もう同じ間違いは犯さない。もっと美しい模様が描ける。そう叫ぶように思いながら、それが許されないこともわかっている。

やり直せることなどない。やり直せたとしても、それは新たに別の道を歩むことになるだけで、この過去が消えるわけではない。そうである以上、まだこの石をあきらめるわけにはいかなかった。

石は、作り手が死んだ後も残るものだった。多くの人が眺め、その傷や模様を味わい、そこに封じ込められた時間と感情に思いを馳《は》せるものだった。彼自身、そうして多くの石を眺めてきた。その二つとない、美しくも不安定な結晶に魅せられてきた。

彼には、男がこの先に刻む模様を見届ける義務があった。そして、その手に返さなければならなかった。彼が手を止めたら、相手も手を出せなくなる。

要は、口の中で感じる血の味を飲み込んだ。

6　向島久行

息を深く吸い込んだことで、それまで無意識に呼吸を止めていたことに気づいた。

心拍数が上がっているのを自覚し、大丈夫だ、と自分に言い聞かせる。

ここは、攻め手を止めて自玉を固める。その方針が見えていたから、二手前で☗8二飛を指したのだ。間違えるわけがない。

〈ここで☗7二銀成と甘い手を指してしまうと、☖6七馬と寄せにこられてしまう〉

声が、妙にくぐもって聞こえる。

指が動かせないのがもどかしかった。

——なぜ、動かない。

焦燥感が膨れ上がっていく。

目が、亀海要の顔を捉《とら》えた。

そこにはやはり、何の表情も浮かんでいない。恐怖も気負いもなく、淡々と対局室の空気に身を委《ゆだ》ねているように見える。

——何を考えているのだろう。

罠にはまったことに気づいて呆然《ぼうぜん》としているのか、それとも、この先でもう一度ひっくり返す道を探っているのか。

久行は忙しなく扇子を閉じ、また開いた。

――あるいは、こちらのミスを期待している？

間違えるはずがない、と苛立ち混じりに思う。

指すべき手は、わかっている。ただ、頭と身体は別物なのだ。頭で決断はできても、戻れない道を進むことへの怯《おび》えは如実《にょじつ》に身体の自由を奪う。

一手を指すまでの時間、棋士はただひたすら手を読み続けているわけではない。長考のほとんどは、結果を一身に背負う覚悟を決めるための時間なのだ。

口の中が渇き、舌がべたつく。お茶を淹《い》れようかと思ったが、今はそれどころではなかった。

ここが大事な局面なんだ。ここで目を離すわけにはいかない――

扇子が閉じられ、右手が動いた。

「え」

久行は、思わず声を漏らす。

その手は、☗7二銀成を指した。

ガン、と強く後頭部を殴られたような衝撃が走る。

〈やっちまった〉

脳裏に浮かんだのと同じ言葉が、目の前に現れた。リビングのテーブルに置かれた――パソコンの画面に。

〈ああ、これは――〉

〈いや、実際難しいですよ。自分でもこの局面で正しい手が選べるかは自信がありません〉

〈とはいえ、これは先手が苦しくなりましたね〉

解説の声が、次々に降ってくる。

久行は、身体から力が抜けるのを感じ、重力に負けるようにうなだれた。

新倉《にいくら》大治《だいじ》郎《ろう》は、ずっと応援してきた棋士だった。自分と同じ四十五歳にしてタイトルホルダーであり続けている新倉の活躍を見ると、まだまだ自分だって頑張れるのだという気になれた。自分自身は将棋は趣味で指す程度だが、中継において何度も〈BEST〉と表示される新倉の対局は、見ていて気持ちが良かった。

だが、こちらには「正解」が見えているからこそ、新倉がなかなか指さないのが歯がゆかった。新倉が「間違える」と、一度見えてしまえばわかりやすい手なのに、と苛立った。

〈やっぱり新倉はもうダメだな〉

〈こんな簡単な手も指せないのか〉

〈俺なら指せた〉

自分と同じように画面に張り付いているのだろう観戦者たちのコメントが、画面の端を流れていく。

久行は、ファンイベントで購入した新倉大治郎の揮毫《きごう》入りの扇子をテーブルに置き、席を立った。電気ポットでお茶を淹れ直し、凝り固まった首をごきごきと鳴らす。

新倉が「負けました」と口にするところは見たくなかった。何が悪かったのかと天を仰ぎ、がっくりとうなだれ、それでもマイクを向けられれば作り笑いを浮かべてファンに向けての感謝を述べる新倉を目にするのはつらい。

パソコンを振り向くと、画面からは、もう▲7七金寄という文字は消えていた。代わりに、そのスペースには次の後手の最善手が表示されている。

ほんの一瞬だったのだ。

形勢を立て直し、長期戦に持ち込めるチャンスは。

「あら、もう終わったの」

背後から妻が声をかけてきた。そのどうでもよさそうな声にムッとして「終わってねえよ」と言い返す。

そうだ、と思った。

まだ、終わってない。まだ即詰みがあるわけじゃない。新倉のパーセンテージは〈5％〉にまで減っていたが、亀海要に示された候補手は、最善手の次は〈マイナス55％〉——もう一度ひっくり返る可能性は十分にある。

そして何より——自分は、新倉が勝つから応援しているわけではないのだ。

たしかに、新倉は強い。解説の棋士が「これは人間には指せない」というような手を堂々と選んでみせる姿は痛快だ。

だが、こうしてわざわざ有給休暇を取ってまで丸一日観戦するのは、勝つのを観《み》るためではない。ただ、新倉大治郎という棋士が好きだからだ。

新倉の解説はわかりやすく面白い。視聴者や観客を楽しませようとするサービス精神、対局中の棋士や聞き手の女流棋士、スタッフへの気遣いに溢《あふ》れている。

その一方で新倉は自分にはとことん厳しく、決して自らに言い訳を許さない。負けても負けてもあきらめず、将棋ソフトにかじりつき、一回り歳下の若手に練習対局を申し入れ、体力を維持するためにトレーニングを重ねる。見栄《みえ》もプライドもかなぐり捨て、貪欲《どんよく》に勝ちをもぎ取りにいく。

新倉は負けるとよく、ファンに向かって頭を下げる。せっかく応援していただいたのに申し訳ない、努力が足りなかった、情けない将棋をお見せした——けれどそのたびに久行は、何言ってんだよ新倉さん、と言いたくなるのだった。

あんたは精一杯頑張ったじゃねえか。何も情けなくなんかない。あんたを応援していられる時間、俺は幸せなんだ。こんなに緊張して、興奮して、感動することなんて日常では他にない。あんたを応援するようになって、俺の人生は何倍も楽しくなったんだ——

久行は、再び盤面が映ったパソコンの前に座る。

扇子を強く握り、画面に向かって身を乗り出した。

7 亀海要

一瞬、何が起こったのかわからなかった。

要は、男の顔を見た。

表情の変化が認識できるわけではない。だが、気配が大きく揺れるのは感じ取れた。

男は、たった今自らがつけてしまった傷を前に呆然としているようだった。いや、正確にはその予感に打ちのめされている――

それは、一手前に要が味わったのと同じ直感だった。

直感――そう、一瞬の間に読み直しているわけではないのだ。ただ、手を離すと同時に靄《もや》が晴れて、見えなかった生き物の一部が立ち現れる。

現れた姿が何を意味するのかはわからない。わからないのに、だからこそ直視することが恐ろしくなる。

悪手というのは不思議なものだ、と要は思う。

考えて考えて、もうこれ以上は考えられないというほど深く考えた上で手を選ぶのに、指した瞬間に間違えたとわかる。憑《つ》きものが落ちたように、自分が囚《とら》われていたものが幻想だったという直感が、思考によってではなく本能的に降ってくる。

たった一瞬の差――駒から指を離すかどうかの違いだけで、どうしても見えなかったものが、そうと信じられないほどくっきりと浮かび上がる。

要は、いつの間にか詰めていた息を吐いた。

――読み切られていたわけではなかった。

自分が相手に対して考えていたこともまた、幻想だった。

正しい手を選びたい、勝負に勝ちたい、美しい棋譜を残したい――欲望があるほどに目が曇り、恐怖と幻影に飲み込まれる。

要は、頭の中に描いた像をゆっくりとなぞる。滑らかに変化していく立体が均衡を保つ瞬間を捉え、手を盤上へ伸ばす。

高く澄んだ駒音が、海の底で反響した。

無数の糸が、触れれば皮膚を食い破りそうなほど、鋭く硬く張り詰めていく。

要は、血を流しながらのたうち回る生き物を見る。

大きく削られた身を不格好に引きずる、異様な――美しい化け物。

この場所には、自分と対局相手しかいない。この深海の色は、冷たさは、肌を震わせる化け物の咆哮《ほうこう》は、自分たち二人しか本当には感じることはできない。

男が忙しなく鳴らす扇子の音が響く。動揺する自らを抑えつけるように、踏みとどまりたくなる足を叱咤《しった》するように、繰り返し叩きつけられる失望と怒りと、祈りの音。

男の玉が、要の王手から逃げる。細く残った道をくぐり抜けていく。

逃してはならない、と反射的に思う。下段に落とし、逃げ道を塞《ふさ》ぎ――

要の目が、見つめていた方向と逆へと素早く横切った生き物の残像を捉えた。

慌てて飛びつき、尾の先を捕まえる。

波打つ動きに振り回されるように、身体《からだ》がぶるりと震えた。

——これは。

現れた生き物は、これまでに感じ取ってきたどの姿とも違っていた。ひどく、気持ちが悪い。繰り返しなぞってきた輪郭から大きく外れる落ち着かなさがあって、なのに何かが気になる。

要は、懸命に糸を手繰る。もうこれ以上は見られないと、今まで引き返してきたその先へ、目を凝らす。

「正解」などわからないからこそ描き出されていく模様を、その生き物の姿を、丹念に、自らの頭脳だけで、思い描いていく。

弾けるように、輪郭が溢れた。

——糸が、繋《つな》がっている。

要は、駒台へ手を伸ばす。

つかんだ駒を盤上に打ちつける。

駒音が、吠《ほ》えかかるように強く鳴り響いた。

恩返し

印刀を持つ手の先が、小さく震えた。

彫り台を回して印刀を持ち替え、刃先を字母紙《じぼし》に当てる。数秒止め、印刀を作業台に戻した。

深く息を吸い込み、長く吐く。

このところ、作業の途中で手が止まることが増えていた。無心で、動きを覚え込んでいる身体《からだ》に任せて駒木地《こまきじ》と向かい合っているつもりなのに、その身体が集中を拒む。

原因は、考えるまでもなくわかっていた。

半月前にこの街で行われた、棋将戦七番勝負第二局だ。

兼春《かねはる》が赴いたのは、前日の対局前検分だった。対局者二人が実際の対局室を訪れ、空調や照明、座布団《ざぶとん》や脇息《きょうそく》、そして駒や盤などを確認する時間。対局者が翌日から始まる長い戦いに集中できるようにするための場だったが、兼春にとっては、たった五分ほどで終わるこの対局前検分こそが戦いの山場だった。

とはいえ、このとき兼春はそれほど気負っていたわけではなかった。なぜなら、同時に候補として並んだのが師匠の駒だったからだ。

駒師として名の通った師匠の駒を差し置いて自分の駒が採用されることはなかろう、というのは、卑下ではなく自然な認識で、だから兼春は、師匠と共に選定の場に並べること自体に満足していた。

言葉少なながら、堂々と駒についての口上を述べる師匠の姿を間近で見られたのは勉強になったし、棋士が美しく丁寧な手つきで自分の駒を扱ってくれるのを目《ま》の当たりにできたのも嬉《うれ》しかった。

良い機会に恵まれた、と兼春は考えていた。過去にも二度、自分の駒がタイトル戦で使われたことがあったものの、どちらも遠方で、出品者も持ち主である収集家だったから、対局前検分に立ち会うことはできなかった。だが、今回はたまたま、第二局の開催が地元に決まったときに盛上駒《もりあげごま》が完成したばかりで、しかも依頼主がタイトル戦への出品に乗り気だったのだ。

兼春は『師匠も出すんですよ』と結果は期待できないことを仄《ほの》めかしたが、依頼主である小平《こだいら》は『採用されなくてもいいんです』と言った。『検分に並べば、少なくとも国芳棋将が触ってくれるじゃないですか。国芳棋将が少しでも指した駒が自分のものになるなんて、こんなに幸せなことはありません』

兼春はわずかに苦笑しながらも、依頼主の満足に繋《つな》がるのはいいことだ、と考えた。だからこそ、始まった駒検分でも、国芳棋将が澄んだ音を立てながら指すのを穏やかな気持ちで眺めていたのだ。

だが、国芳棋将は、兼春の駒を選んだ。

国芳棋将が、こちらで、と自分の駒を示した瞬間、兼春は、え、と声を出しそうになった。慌《あわ》てて唇を引き締め、身を縮めるようにして頭を下げる。

師匠の方を見られなかった。申し訳ないと思いながらも、やはり猛烈に嬉しかった。その喜びが滲《にじ》み出てしまっているだろう顔を、師匠に向けるのは失礼だと感じた。

単に書体が今の気分に合っただけかもしれない、と自分に言い聞かせた。師匠の駒は水無瀬《みなせ》、自分の駒は巻菱湖《まきりょうこ》だ。

現実の話として、タイトル戦で使われるかどうかは駒の出来とは関係ない。いや、正確に言えば、出来が水準以上なのは前提として、その先で結果を左右するのは好みの領域なのだ。

長時間見ていても疲れない駒木地や書体であれば何でもいい、という棋士も少なくなく、用意した側が「こちらでどうでしょうか」と誘導すれば、大抵の棋士はうなずく。その傾向は近年ほど顕著だった。

たしかに将棋は、どんな駒でも指せる。極端に言ってしまえば、文字を書いただけの紙でも指せてしまうのだ。棋士ともなれば、もはや何も見ず、目隠しをしたまま互いに符号を口にするだけでも将棋が成立する。彼らの頭の中には盤と駒があるからだ。

それでも昔から、良い駒を使えば気が引き締まる、駒に引き上げられて成長できるという考え方があった。だが、今はむしろ、形にこだわらないことがプロの証《あかし》であるかのような風潮がある。

しかし、国芳棋将はそうした中でも駒に造詣《ぞうけい》が深い棋士だった。今年四十八歳という年齢もあるのだろうが、昔ながらの美意識を持ち、駒検分にも時間をかける。

その国芳棋将が、自分の駒を選んでくれた。

それは、想像していた以上に兼春を舞い上がらせた。調子に乗るなと自分を戒めてもなお、どうしても頬が緩んでしまう。

国芳棋将が揮毫《きごう》をするために桐製平箱の前へ移動した。小平の顔が脳裏に浮かぶ。ああ、どれほど喜んでくれるだろう。依頼主の代わりに自分がきちんとこの瞬間を目に焼き付けておこうと顔を上げたとき、横から『よかったな』という声がした。

ハッとして師匠を向くと、師匠は穏やかに微笑《ほほえ》んでいた。兼春は思わず『すみません』と口にしかけてから、『ありがとうございます』と言い直す。

『師匠のおかげです』

『恩返しってやつだな』

師匠の言葉に胸が熱くなるのを感じながら、国芳棋将の方へと視線を移した。

国芳棋将が筆を取り――台に戻す。

『あの』

国芳棋将は、立会人に向けて片手を挙げた。

『もう一度駒を見せていただいてもいいでしょうか』

『え？』

一瞬、立会の棋士はこちらを気遣うような目線を向けてきた。兼春は咄嗟《とっさ》に顔を伏せる。耳たぶが熱くなっているのがわかった。

誰も何も言わなかった。ただ、棋将の要望を叶《かな》えるために、周囲が慌ただしく動き、駒を用意し直す。

国芳棋将は恐縮した仕草で受け取りながらも、無表情のまま盤上に駒を並べた。兼春の駒で指し、次に師匠の駒で指す。駒を駒の上で滑らせて盤上に下ろす音が続いた。

もう一人の対局者であり、国芳棋将から見れば弟子でもある挑戦者は、手を出さずにただ見守っている。

兼春の喉仏《のどぼとけ》が上下した。

スーツ姿の男性が十人以上立ち並ぶ十二畳ほどの対局室、そこと襖《ふすま》を外して繋がる六畳ほどの空間に、戸惑いと気まずさが入り混じった空気が充満する。

先ほどまで勢いよく響き続けていたシャッター音が、たじろぐようにまばらになった。

国芳棋将は、駒を指した体勢のまま動きを止めた。じっと、指の先を見つめる。指が丸められ、駒がつまみ上げられた。飛車。最も強い力を持つ駒の角を、国芳棋将の長く繊細な指がなぞる。

立会人と副立会人が顔を見合わせるのが視界の端に映った。

『国芳棋将、何か気になるところでも――』

『こちらでお願いします』

国芳棋将は、遮ったというには静かすぎる口調で言った。

その指の下には、師匠の駒があった。

瞬時に、自分に向けて視線が集まるのを感じる。兼春は頭は動かさずに目だけを伏せた。できるだけどんな感情も表さないように、気配が浮き上がらないように。

一刻も早く立ち去りたかった。こんな空気になっているのは、自分がここにいるせいだとわかっていた。けれど、ここで退室したりしたら、その行動自体が別の意味を帯びてしまう。

視界には、薄緑色のシートだけがあった。対局者用の座布団や盤の下に敷かれた、ここが特別な場所であることを示すシート。

強張《こわば》った空気を払おうとするかのように、では、こちらで、と誰かが言い、国芳棋将が立ち上がった。そのまま揮毫のための台の前に座り直した隙《すき》に、兼春は場へ向けて会釈《えしゃく》をしてから部屋の外へ向かった。

それから後のことは、よく覚えていない。対局室を出たところで誰かに声をかけられたはずだが、相手が誰だったか、何を返したのかも記憶になかった。

自分の駒が採用されないことは、初めから覚悟していた。けれど、一度選ばれ、舞い上がった先で突き落とされることになろうとは、よもや思いもしなかった。

何が悪かったのだろう、と兼春は繰り返し考えた。

一度は選んだということは、師匠との知名度の差が原因ではない。そして、周囲の流れに身を任せたわけでもないのだ。

国芳棋将は、たしかに何かに引っかかって、自分の駒を選ばなかった。

あのとき、もう少しあの場に留まっていれば、理由を知ることができたのではないか、と思うと胸の奥がざわついた。検分後に行われた対局前取材――あの場にいた記者たちの誰かが、国芳棋将に尋ねたかもしれない。理由さえはっきりすれば、自分はこんなにも悶々《もんもん》とすることはなかったはずだ。

一度帰ってきてしまうと、後悔はさらに膨らんだ。時間が経《た》てば経つほど、蒸し返しづらくなる。あの機会を逃してしまった以上、もう自分からは話題にすることもできない。

けれど、その第二局を国芳棋将が落とすと、兼春は、これでよかったのかもしれない、と思うようになった。自分があの場に居続ければ、誰かに気を遣わせることになっていただろう。それは国芳棋将を責めるような空気を作り出すことになってしまったかもしれない。大勝負を目前にした対局者の心を乱すようなことをしなくてよかったのだ、と。

だから、今、兼春が抱いているのは、無念やわだかまりなどではなく、単純な恐怖だった。

――自分はもう、今までのように駒を作ることはできないのではないか。

頭よりも身体が、躊躇《ためら》っているようだった。十年以上かけて身体に刻み込んできたはずのものが、散り散りになろうとしている。印刀の持ち方も、刃の角度も、彫り台を回す速さも、すべて意識せずともできるようになっていた。そして、この先の盛り上げ——ここで筆が震えるようでは、到底漆を滑らかに盛り上げることなどできない。

駒作りとは、残像に囲まれて行われるたった一人の群舞だ。

それぞれに木目の入り方が異なる駒木地の上で、まったく同じ文字を、同じ形と艶《つや》で揃《そろ》えなければならない。

彫るときは一駒ずつだが、常にその周囲には手本となる幻影がある。その幻影たちと一糸乱れぬ精度で動きを合わせるからこそ、静謐《せいひつ》な秩序が築かれるのだ。

美しさとは技術だ、と言ったのは、師匠だった。

それを判断するのは作り手ではなく持ち主だが、技術がないものに美は宿らない、と。

だから兼春は十年以上、ひたすらに技術を磨いてきた。仕上がりを均一にできるよう、来る日も来る日も印刀を握り、蒔絵《まきえ》筆《ふで》を手に馴《な》染《じ》ませてきた。

彫埋《ほりうめ》までの出来によって、最後の盛り上げがスムーズに行くかどうかが決まる。けれどれだけ神経を使って彫埋まで進んでも、その後の盛り上げで漆の硬化速度を少しでも見誤ればすべてが台なしになった。

兼春は、駒師を志す前は大学で学生たちにイタリア古典文学を教えていた。将棋は趣味で指す程度で、棋力もアマ二段ほどだ。

だが、知人の息子が四段に昇段したお祝いに駒を贈ることになり、白峯《はくほう》という駒師に製作を依頼して打ち合わせや製作見学を繰り返しているうちに、いつしか兼春は駒師という仕事の魅力に取り憑《つ》かれていった。

兼春の目に、有限の肉体に伝統を刻み、後世へと受け継がれていく物を作る仕事は、深甚《しんじん》でたしかなものに映った。その物が道具であるという事実も、兼春の心に響いた。

道具は使い手が育てるんですよ、と白峯は言った。どんどん使う人の手に馴染んで、色合いも良くなっていく。完成品として納品したときが終わりではないんです。

兼春は数年悩み、妻とも何度も話し合った結果、大学を辞めてその駒師に弟子入りした。白峯——つまり今の師匠だ。

師匠は、依頼主として出会ったときに感じた印象と違わず、柔らかな物腰の人だった。伝統工芸の師弟関係ということで、何となく「背中を見て盗め」と突き放されることも覚悟していたが、質問をすれば必ず答えてくれた。

ただし、その言葉は短かった。おそらく大事なことを伝えられているのだろうとは思うのに、意味が上手《うま》くつかめない。

それは、将棋を覚え始めの頃に聞いた格言に似ていた。金底《きんぞこ》の歩《ふ》岩より固し。玉飛車接近すべからず。桂《けい》の高跳び歩のえじき。ああ、なるほど、とすぐに思うのだが、本当の意味で理解するには時間がかかる。実際に自らの手を動かし、失敗を重ねた先で、ようやく染み込んでくる言葉だ。

師匠は、駒作りで個性を出すのは難しい、と言った。

いつか自分にしか作れない駒を作りたいと意気込んでいた兼春に対して告げられた言葉だったが、初めに聞いたとき、兼春はそれはそうだろう、としか思わなかった。

駒で使われる書体は、基本的に決まっている。錦旗《きんき》、水無瀬、巻菱湖、源兵衛《げんべえ》清安《きよやす》――起源を安土桃山時代にまで遡《さかのぼ》るものもあれば、江戸時代の書家が完成させたもの、駒師や棋士が考案したものなど様々だが、いずれも使う書体を決めたら、その形を勝手に変えることは認められない。厳密に言えば、依頼主が望むのならば変えることはできるのだが、その場合、元にした書体は銘に入れられなくなる。

では、最終的な目標を自分の書体を完成させることに定めればいいかといえば、それも違うのだった。新しくオリジナルの書体を作ることは、言ってしまえば子どもにだってできることであり、駒作りにおける個性の発露ではない。

兼春はひとまず余計なことは考えず、とにかく技術を磨くことに注力して鍛錬を重ねた。そして、技術が伴っていくにつれて、師匠の言葉の意味を理解するようになった。

印刀や蒔絵筆を正しく使い、駒上に決められた形を均一に再現できるようになればなるほど、自分という存在が消えていく。

それは、駒自体が持つ、群舞としてのあり方にも似ているように思われた。

群舞においては、一人一人の踊り手が個性を出すことが許されない。たとえ誰よりも高く跳べる力を持っていようと、それを群舞の中で行えば単なる秩序の破壊なのだ。

均一化は個を殺す暴力性を孕《はら》む。だが、抑制された個と個の動きを繋ぐエネルギーの流れは、決して一人では創《つく》り得ない景色を生む。

自分という存在が駒を作る意味に突き当たって初めて、兼春は師匠が字母紙を作るときに決してありものを使わないことに気づいた。

師匠は必ず、原典に当たろうとする。その書体が生み出された大本《おおもと》の資料を探し、そこにある線の一本一本について時間をかけて解釈する。

古いものを、現代に生きる自分がどう感じるのか。そこに作風というものがあるんじゃないかな、と師匠は言った。たとえば書家の残した書物を見て、文章全体から湧《わ》き上がってくる印象を味わう。その字を駒の五角形に入れる際に、どういうふうに線質を生かしていけばいいか考える。

だから師匠は、兼春に字母紙を貸し出すことはなかった。それまで兼春は他の駒師から譲り受けた字母紙を使っていたが、師匠の言葉の意味を理解して以降は、一から自分なりの字形を作るようになった。

兼春は様々な駒を見て回り、自分が好きだと思う線や色や手触りを集めていった。進むほどに師匠の駒とは離れていったが、師匠は変わらず技術が優れているところは褒め、甘さが出ている部分は咎《とが》めた。

師匠は、自分のやり方を弟子に押し付けようとすることは一切なかった。時折、面取りを深くして駒の滑りを良くしようとする兼春に対し、『新しいうちから長く使い込んだような振りをする必要はないんじゃないかな』とつぶやいたり、師匠よりもわずかに強めにつけた曲線の角度について『君の目にはこう見えるんだなあ』とひとりごちたりすることはあったものの、どちらにも批判めいた色はなく、兼春に徐々に客がついていくのを喜んでくれた。

兼春は手応《てごた》えを感じていたし、これで完璧《かんぺき》だと思えたことは一度としてなかったけれど、進むべき道を歩んでいるのだということは信じられた。

しかし、今、それが揺らいでいる。

対局前検分での一幕は駒師の間でも噂《うわさ》になっていて、何人かから、気にすることはない、と慰められた。別に深い意味なんてないよ。ああいうのは好みだからさ。ただ縁起をかついだだけかもしれないじゃないか。

どれも、兼春自身考えたことだった。

もしかしたら、巻菱湖の駒を使った対局で手酷《てひど》いミスをして負けたことがあったのかもしれない。幼い頃に使っていたのが水無瀬の駒で、ふと、これが最後のタイトル戦になるかもしれないという考えが頭をよぎったときに、慣れ親しんだ書体で指したいと思ったのかもしれない。

考えようとすれば、いくらでも可能性は考えられた。そして同時に、いくら考えようと本人に訊《き》かない限り、本当の答えはわからないのだった。

それなのに、勝手に自分の駒に責任があるのだと思い込んで原因を探り続け、その結果、駒が作れなくなるとしたら、こんなに馬鹿《ばか》げたことはない。

兼春は、タコのできた歪《いびつ》な指を、ぼんやりと眺めた。

あの日以来、師匠とは連絡を取っていなかった。

元々、弟子とはいえ、同じ工房で作業をしているわけではない。客に納品する前には必ず師匠にチェックしてもらっていたが、基本的には、兼春が師匠に駒を見てもらいたくなったら連絡を取って持ち込み、指導を仰ぐという距離感だった。

師匠からは何となく自分には声をかけづらいのだろうと思うと、自分から連絡を取るべきではないかと思ったが、自分としても、師匠に対して何と言えばいいのかわからなかった。

何が悪かったんでしょうか、と問えば、慰めの言葉をかけられるかもしれないし、師匠なりに思いつく可能性を口にしてくれるかもしれない。だが師匠には、対局前検分に持ち込む前にも駒をチェックしてもらっていたのだ。一度はOKを出した駒について、選ばれなかったという結果が出てから課題を指摘するのは、師匠も本意ではなかろう。そうである以上、無理に話題にすれば師匠に気を遣わせるだけだという気がした。

とにかく、今は次の駒を作り上げることに専念すべきだ、と兼春は考えた。完成したら、その駒を持って師匠の元を訪れればいい。その方がずっと建設的な会話ができる。

兼春は、再び印刀を握り直した。

息を吐き出し、刃先を字母紙に押し当てる。

だが、そのとき、ピンポーン、と間の抜けたチャイムの音が玄関から響いた。

兼春はハッとして顔を上げた。

掛け時計を見上げると、もうすぐ十三時になろうというところだった。

慌てて指先から木屑《きくず》を払い落とし、声を張り上げて応答しながら席を立つ。玄関へ向かい、腹に力を込めてから扉を開ける。

「どうも、こんにちは」

笑顔で現れたのは、小平だった。

「すみません、ちょっと早かったですかね。つい気が急《せ》いちゃって」

小平は頭を掻《か》き、目尻《めじり》を下げた。

「いえ、もう準備はできてますんで大丈夫ですよ」

兼春は頰を緩めてみせ、小平を中へ招き入れる。

小平が取りに来たのは、例の駒だった。国芳棋将に一度選ばれ、手放された駒。

ただし、その経緯については、将棋中継では放送されなかった。棋将戦では、一日目の中継の空き時間に、対局前検分の様子も流される。だが、やはり駒師の前で一度駒を選んだにもかかわらず選び直したというのは、国芳棋将の好感度という意味でもあまりよろしくないと考えたのか、兼春の駒を選んだシーンは流れず、師匠の駒を指定したシーンだけが切り取られていた。

小平も知らなければいい、と思いながらリビングに通したが、「いやあ、残念でしたね」という声が背中から飛んできた。

「一度は選ばれたらしいじゃないですか。惜しかったなあ」

振り向こうとしていた身体が強張る。どんな表情を作ればいいのかわからなかった。それでも、何も言わなければ空気が悪くなる。

兼春は意識的に息を吸い込み、「力及ばず、面目ない」と言いながら、棚から駒を取り出した。

「いやいや、ああいうのは好みですから」

小平は、駒師仲間が口々に言ったのと同じ言い回しを使い、両手で押しいただくように駒を受け取った。

「おお、これは」

そこで言葉を止め、ほお、とつぶやく。平箱を傾けて光の当たり具合を変え、顔を近づけ、また上体を引いて、今度は音を立てずに息を漏らした。

「触ってみても？」

うかがうような視線を向けられ、兼春は引きつっていた頬が緩むのを感じながら「もちろん」とうなずく。

小平は、まるで玉手箱でも開けるようにそろそろと蓋《ふた》を開け、テーブルに箱と蓋を置いてから、王将をつまみ上げた。

銘を眺め、盛り上がった漆を撫《な》でる。兼春が平板と布を敷くと、その上にそっと載せた。

「ああ、いいですねえ」

兼春に向けて言うというよりも、ひとりごちるような声音だった。

「これが俺のものになるのか」

今までの打ち合わせでは常に「私」という一人称を使っていた小平が初めて口にした「俺」という単語に、深い安堵《あんど》が込み上げる。

小平は次々に駒を取り出し、布の上へ並べていった。宙で指すような素振りをしては、小さくうなずく。

何も言葉を挟まずに見守っていると、小平は顔を上げ、満面の笑みを浮かべた。

「いやあ、この駒で指すだけで将棋が上手くなった気がしますよ」

ああ、よかった、と兼春は思った。

依頼主が満足してくれた。これに勝る成功はない。

そうだ、タイトル戦で使う駒に採用されなかったからといって、それがすべてではないのだ。そのことだけで、こうして喜んでくれる小平や、これまで自分の駒を買ってくれた人たちの声が聞こえなくなってしまうのは、彼らに対してあまりに失礼だ。

「ありがとうございます」

兼春は、心から言った。

「そう言っていただけると救われます」

小平がこんなふうに混じり気なく喜んでくれなければ、自分は大切なことに気づけずにいただろう。ぐるぐると、もはや考えても仕方ないことを考え続けて、道を誤ってしまっていたかもしれない。

「春峯《しゅんほう》さん」

小平が、兼春を雅号で呼んだ。澄んだ目で真っ直《す》ぐに見つめられる。

「ひょっとして、駒検分でのこと、結構気にしていたりします？」

兼春は急に恥ずかしくなった。いい歳《とし》をして、しかも依頼主の前で動揺や不安を見せてしまうなどみっともない。

「いや……」

「まあ、気にはしますよねえ」

咄嗟に否定しようとした兼春にかぶせるように、小平がうなずいた。

「何せ相手は国芳棋将ですし」

その言葉に、そういえば小平は国芳棋将のファンだったと思い出して、何となく少し気持ちが楽になる。

「でもねえ、駒検分での話を聞いてちょっといろいろ考えてみたんですけど、もしかしてって思ったことがあったんですよ」

兼春が顔を上げると、小平は「単なる想像っていうか、完全に邪推なんですが」と前置きをしてから、続けた。

「国芳棋将が駒を選び直したのは、白峯さんが春峯さんの師匠だったからじゃないでしょうか」

「師匠の顔を立てようとしたってことですか？」

だが、それならなぜ初めから師匠の駒を選ばなかったのか説明がつかない。

「いえ、そうではなく」

小平は小さく首を振った。

「ほら、今回の棋将戦は特別でしょう」

「特別？」

「師弟戦なんですよ」

小平は、話の通りが悪いことに焦《じ》れたように言った。

師弟戦——脳裏に、駒検分の際、国芳棋将が駒を選び直す前で、手も出さずに座っていた挑戦者の姿が蘇《よみがえ》る。

もう一人の対局者であり、国芳棋将から見れば弟子でもある挑戦者。

「つまり、第二局では、師弟戦がダブルで行われていたってことになるんですよ」

小平は身を乗り出して人さし指を立てた。

「タイトル戦で師弟戦ってだけでも珍しいのに、そこに駒師の師弟戦も重なるなんてねえ」

うんうん、とうなずき、熱いよなあ、と声を弾ませる。

けれど兼春は、小平が何を言いたいのかわからなかった。師弟戦が重なっていたとして、それが何だというのだろう。

「駒検分のとき、まず春峯さんの駒が選ばれて、春峯さんは白峯さんに御礼を言った。そして、それに対して白峯さんは『恩返しだな』と返した——そう聞いたんですが、合ってます？」

「ああ、まあ」

兼春は戸惑いながら肯定した。

たしかに、そんなやり取りはあった。恩返しというのは、ある種の将棋用語だ。元々は相撲界の例にならったものらしいが、弟子が力をつけて師匠と戦い、勝って「指導のおかげ」だと頭を下げるのが恩を返すことになるのだという。

兼春自身はそうした意図で『師匠のおかげです』と口にしたわけではなく、本当に思ったことをそのまま告げただけだったが、師匠に『恩返しってやつだな』と返されたとき、ああ、これはそういうことになるのか、と胸が熱くなるのを感じた。

「だけどねえ、私は思うんですけど、本当に師匠は弟子に負かされて嬉しいものなんでしょうか」

「え？」

「あ、白峯さんと春峯さんのことじゃないですよ。伝統工芸においては、弟子が成長するのは本当に嬉しいものでしょうし、タイトル戦で使われる駒に採用されるされないってのも勝ち負けとは違いますし」

小平は慌てたように顔の前で手を振る。

「でも、棋士にとってはやっぱり相手が弟子だろうと何だろうと、絶対負けたくないものなんじゃないかと思うんですよ。これは前に何かのインタビューで読んだんだけど、弟子に負けて、恩返しなんてしなくていいんだ、なんて苦笑いしながら言った棋士がいるとかって話で。いや、私はね、これいい話だと思うんですよ。そりゃあそうだよな、棋士なんてみんな超弩級《ちょうどきゅう》の負けず嫌いなわけだから、そりゃあ負けて嬉しいわけがないんだよなって腑《ふ》に落ちたというか」

何か人間くさくていいですよねえ、と小平は顔をほころばせた。

「その棋士によると、本当の恩返しは、師匠に勝つことなんかじゃない、師匠が勝てなかった相手に勝つこと、師匠が届かなかった地位に到達することなんだそうだけど、でもこれって国芳棋将に対しては無理じゃないですか。国芳棋将が勝てなかった相手なんて現役の棋士ではほとんどいないし、届かなかった地位に到達しようとしたら、タイトルを何個も何個も取らなきゃいけない」

「たしかにそうですね」

兼春も、小平につられて笑みを漏らす。

「実際のところ、タイトル戦で師弟戦が行われること自体、国芳棋将のすごさを証明しているんですよね」

小平は、本当に嬉しそうに目を細めて言った。

「だって、生田《いくた》七段は国芳棋将より二十歳以上年下なわけでしょう。その彼がタイトル戦に出るくらい成長するまで第一線に居続けなきゃいけなかったんだから」

言われてみれば、それは本当に途方もない時間だ。しかも、棋士は駒師と違って、全盛期というものがある。

「国芳棋将も年々失冠して、残っているタイトルは棋将だけでしょう。口さがない将棋ファンの中には、さすがに国芳棋将の時代もこれで終わりだろうなんて言うやつもいるんですよ」

小平は眉間《みけん》にくっきりと皺《しわ》を寄せ、嘆息した。

だが、すぐに「でもね、春峯さん」と表情を戻す。

「私は、国芳棋将の時代はこれで終わりなんかじゃないと思うんですよ。大崎《おおさき》九段の話では、国芳棋将の将棋はここ最近変わったって言うんです」

大崎九段――国芳棋将と同世代の棋士だ。

「何でも、前は国芳棋将の指す手なら大抵はすぐに意味がわかったそうなんだけど、最近の手は国芳棋将の棋風とは違うことが多いらしくて——まあ、私ごときの棋力じゃよくわからないんですが。でね、これは国芳棋将が将棋ソフトを研究に取り入れたからじゃないかって、大崎九段は言うんですよ。大崎九段自身は、自分はソフトは使わない、今まで通りのやり方でいくって宣言してるんですけど、何かもう、この歳になっても新しいものを取り入れてまだまだ強くなってやる、もっと将棋の真理を追究してやるってのが国芳棋将らしいっていうか」

まあ、同じ世代でソフトを本格的に研究に取り入れている棋士は新倉《にいくら》九段もいますけど、新倉九段はかなり初期の頃からソフトを使ってきたって話ですし、と続けた小平が、あれ、と目をしばたたかせた。

「私、何の話をしようとしていたんでしたっけ」

「えーと、たしか恩返しの……」

「あ、そうそう」

小平は手を叩《たた》き合わせる。

「恩返しですよ。で、私はこう思ったわけです。もしかしたら、国芳棋将は白峯さんと春峯さんのやり取りを聞いて、お二人に自分と生田七段の関係を重ねてみたんじゃないかって」

つまり、と強調するように言ってから、続けた。

「国芳棋将は、まだまだ恩返しをさせるわけにはいかない、と思ったんじゃないかと思うんですよ。それで、絶対にここは譲らない、という自分への戒めというか、決意表明のために、師匠である白峯さんの駒を選び直したんじゃないかって」

小平が帰ってからも、残された言葉は兼春の頭の中で渦巻き続けていた。

あれは、国芳棋将の決意表明だった。

その解釈は、妙に納得できるもののような気がした。

たしかに、あのとき国芳棋将は何かを決意しようとしているように見えた。駒を何度も指し比べながら、駒自体よりも、自分自身の何かを見定めようとするかのような――

兼春は、どこか狐《きつね》につままれたような気持ちになりながらも、工房へ戻った。中断していた作業を再開するために、席に座り、彫り台と印刀を持って構える。

小平の解釈が真実だとしても、まったくの的外れだとしても、これ以上自分が気に病み続けるのが馬鹿げていることはたしかだった。とにかく自分は、自分の信じる道を進み続けるしかない。

意を決して、印刀を字母紙に押し当てる。力が入りすぎないように意識しながら刃先を滑らせ——そこで手を止めた。

——やはり、勘は戻っていない。

いくら心理的な問題だったからといって、気にかかっていたことへの答えが与えられたくらいでは、急には元に戻らないということだろう。

だが、ここで考えを巡らせていても仕方ない。結局のところ、身体に覚え込ませた勘は、身体を動かすことでしか取り戻せないのだ。

兼春は新しい駒木地を取り出し、一から工程をやり直すことにした。商品を作るためではなく、技術の鍛錬として、一つ一つの工程を丁寧になぞり直していく。

刃先が迷い、指が震えるたびに、よくやった方だ、という甘い声が浮かんだ。そもそも目標自体が大それていたのだ。自分には望外とも言えるほどの結果を出せたではないか。

すぐに焦点がぶれる老眼をこすると、もう世間的にはとっくに定年を迎えている歳なのだということが思い出された。何も、恐怖に飲み込まれるほど自分を追い詰めることはない。もっと気楽に、人生を楽しめばいい——それでも、せめてこれまで通りに戻せるまではと続けてひと月が経った頃、棋将戦七番勝負が終了した。結局、勘は完全には戻らなかった。けれど、戻らないなら戻らないなりに、身体には新たな感覚が刻まれてきている。

棋将戦の約二カ月にも及ぶ激しい戦いを制したのは――国芳棋将ではなく、弟子の生田拓海《たくみ》だった。

国芳棋将は、実に二十二年ぶりに、すべてのタイトルで無冠となったのだった。

兼春は、将棋中継ではなく、夕方のニュース番組で、その報を知った。そして、妻と共に、無言のまま、国芳棋将のインタビューを聞いた。

対局直後の国芳棋将の身体は、まるでこの二日間を飲まず食わずで過ごしていたかのように縮んで見えた。白髪交じりの頭は乱れ、背は丸まっている。

だが、その表情は、どんな感情も悟らせないほど静かだった。

疲れ果てて生気を失っているわけでも、敗北への屈辱に強張っているわけでもない。

ただ、淡々と、他人の対局について解説するかのように、〈力不足でした〉と告げた。

最後までどうなるかわからない接戦だったと思いますが、と取材者はフォローするように言ったが、〈3七桂の時点で、もうかなり難しかったと思います〉と低く答える。

　別の、どうやら将棋専門の記者ではないらしい取材者が、これで二十二年ぶりの無冠となるわけですが、と躊躇いがちに切り出すと、〈そうですね〉とうなずいた。

　その後に続けられる言葉を取材者は待ったようだったが、国芳棋将はもう答えることは答えたというように、唇を閉じている。取材者は、ええと、と口ごもってから、〈国芳棋将は〉と落ちた沈黙を破った。

　しかし、国芳棋将は穏やかとも言える空気をまとったまま、

〈私はもう棋将ではありません〉

と言った。

　場の空気が凍ったのが、画面越しにも伝わってくる。

　大変失礼いたしました、と頭を下げる取材者に、国芳棋将――国芳英寛《えいかん》は、〈こちらこそ〉と会釈をした。

　その、怒気を感じさせない優雅な素振りは、そうであるがゆえに異様だった。兼春は、背筋が冷えていくのを感じる。

　この人は、本当に取材者に対して怒っているわけではないのだとわかった。だが、それでも訂正せずにいられない激しさが、この人の中にはある。

あの、今の、率直なお気持ちをお聞かせいただけますか、と取材者は恐る恐る尋ね直した。おそらく、どう呼べばいいのかわからなかったのだろう。発言の前に不自然な間がある。

実際のところ、兼春としても彼についてどう呼称するのがふさわしいのかわからなかった。

複数のタイトルで永世称号を持っているはずだが、永世称号は原則的に引退後に名乗ることが可能になるものだ。前例から言えば、前棋将を名乗ることも許されるけれど、本人がどういう意思でいるのかわからない。段位が九段であることは間違いないとはいえ、長くタイトルを持ち続けていたために、もはや国芳九段という響き自体に違和感がある。

――タイトルの有無によって呼称が変わるというのは、何と残酷なことだろう。周囲としてはそのつもりがなくても、まるで手のひらを返したような印象すら受ける。

そして、それは将棋の歴史において、幾度となく繰り返されてきたことなのだ。

かつて、華々しいデビューからわずか四年でタイトルを三つ奪取し、国芳英寛と七大タイトルを分け合う二強時代を築いて将棋ブームまで巻き起こした宮内冬馬も、その翌年以降、防衛を果たせずにタイトル戦の舞台から姿を消し、順位戦でも二年続けて降級するというスランプに陥った。

　そのまま八年が経ち、話題に上ることもなくなっていた彼が、再び注目されるようになったのは、今から二年前——将棋ソフトの活用によって低迷期を抜け出したとされる宮内は、まるで忘れ去られていた時期などなかったかのように、将棋界の中心人物としてもてはやされている。

　強ければ、誰からも一目置かれる。そして、勝てなくなれば、否応《いやおう》なく向けられる目は減っていく。

　あるいはそれは、将棋が運の要素が介在しない完全情報ゲームであり、スポーツと違って、ルールさえわかれば誰にでも指せるということも関係しているかもしれない。すべては盤上で明らかにされ、ただ、手を読む頭脳だけが問われる。だからこそ、その先で広がる差が途轍《とてつ》もなくシビアに横たわるのだ。

　そして、この男は、そんな薄氷が積み上げられたような世界の中で、頂点に君臨し続けてきた。

　画面に映る国芳の顔は、フラッシュの光で間断なく照らされている。その上に、対局前検分で響き続けていたシャッター音が重なった。

きっと、この会見場には、あのときよりもたくさんの報道陣が詰めかけているのだろう。二十二年ぶりの無冠というニュースを伝えるために、無数のカメラのレンズが、国芳へ向けられている。

〈来るべきときが来たのだろうと感じています。でも、私はこれで終わるつもりはありません〉

国芳は、躊躇いも気負いも感じさせない口調で言った。

ぶるりと、背筋に悪寒《おかん》のようなものが走る。

——この人は、知っているのだ。

国芳は、自分について世間がどんなことを言っているのか、理解している。——世間が自分に何を見て、何を期待しているのか。

夢や希望を託され、羨望《せんぼう》や妬《ねた》みを向けられ、一つタイトルを失冠するごとに落胆や激励や安堵や嘲笑《ちょうしょう》の声を聞きながら、それでも盤の前に座り続けてきた。

たった一人の人間が背負うには、あまりに重すぎるものの中心に立ち続けた二十二年間。

これまでだってそれらを撥《は》ねのけて結果を出してきたのだから、大丈夫なのだろう、きっと常人では想像もつかないような精神力があるのだ、と片付けるのは短絡的だ。

日々成長し、絶頂期へと上り詰めていく間と、そこから下降していくときの精神が同じであるはずがない。

自分はもう終わりへ向かっているのか――それはおそらく、誰よりも国芳自身が考えてきたことなのではないか。

〈最近将棋ソフトを研究に使っておられるという話を聞いたのですが〉

質問を重ねたのは、先ほどとは別の取材者だった。

〈はい、使っています〉

国芳は短く答える。

そこで口を閉ざしたので、もう答えは終わりだろうかと兼春は思ったが、数秒して、国芳は再び口を開いた。

〈ただし、まだ使い慣れていません。それなのに、長く使い込んだような振りをしようとしていたと、第二局の直前に気づきました〉

第二局の直前――国芳の言葉に、何かを考えるよりも早く、身体の内側が強張る。

あの、対局前検分の頃――そう考えた瞬間だった。

ふいに、ぞろりと内臓を撫で上げられたような落ち着かなさを感じる。

何だろう。これは。何かを自分は知っている。この言葉――自分は、これとよく似た言葉を、耳にしたことがある。

『新しいうちから長く使い込んだような振りをする必要はない』

とん、と頭上から降ってくるように響いたのは、師匠の声だった。

ああ、そうだ。

靄《もや》が晴れるように、鮮明にその映像が浮かび上がる。

師匠は、面取りを深くして駒の滑りを良くしようとする自分に対し、この言葉を口にしていた。

そして、あのとき、国芳は駒を選び直す直前に、駒の角を指でなぞっていた。

さらに兼春の脳裏に、小平の笑顔が蘇る。

『いやあ、この駒で指すだけで将棋が上手くなった気がしますよ』

そう言われて、自分は、依頼主が満足してくれたのだとしか考えなかった。これに勝る成功はない、と自分に言い聞かせて終わりにしてしまった。

だが、あれもまた、手がかりだったのではないか。

自分が作った駒を理解するための——自分の選択の意味を知るための。

面取りの深さ、線の一本一本、漆の厚さ、駒の大きさ、木目の出方、表面の質感——駒を構成する様々な要素は、すべて意図を持って選択しうる。

無数の選択の組み合わせが、駒の印象を左右する。

あの言葉は、自分が無自覚に選んでいたものを、炙《あぶ》り出してくれていたのではないか。

将棋が上手くなった気がする——指に馴染み、滑らかに指せるということは、たしかに小平にとっては「良きこと」だったのだろう。

アマチュアとして指してきた自分にとってもまた、自分の将棋を肯定してくれるような手触りは、心地よいものだった。

だから、自分の心に響くものを集めていくうちに、面取りを深く取るようになっていった。

しかし、それこそが、国芳に選ばれなかった理由なのではないか。

国芳は、長い時間と労力をかけて積み上げてきた自分の将棋を、壊そうとしていたのだから。

師匠の駒は、面取りが浅い。立った角は、指に刺激となって引っかかる。

まだ使い込まれていないことを——これから育っていくことを象徴するように。

そしておそらく、その形は師匠が道具は使い手が育てるのだという信念の下《もと》に、意図的に選び取ったものだった。

師匠は、一つ一つの要素が持つ意味を理解した上で、あえて、使うほどに手に馴染んでいくという「変化の余地」を、駒に残していた。

〈もう一度、自分を鍛え直します〉

国芳は、真っ直ぐに前を向いて言った。

フラッシュが、それまでよりもさらに激しく、その顔を照らす。

〈今回、お弟子さんである生田七段が「恩返し」をされたわけですが、今の率直なお気持ちをお聞かせ願えますか〉

取材者の言葉に、初めて国芳が微《かす》かに表情を和らげた。

〈彼とこうして本気で指すのは久しぶりでした。いや、ここまで一局に長い時間をかけて指したのは初めてかもしれません。タイトル戦という最高の舞台で、全力でぶつかり合えたことを嬉しく思います〉

——全力で、と言いきるのだ。

力を出しきれなかったと、そうでなければ結果は違ったかもしれないと仄《ほの》めかすのではなく。

〈本当に、楽しい時間でした〉

国芳は、取材者に答えるというより、ひとりごちるように遠い目をした。

〈いや、あそこで同銀と来るとは、まったく予想もしなかったんですよ。だけど指されてみればなるほど、なんです。あれで八手前の歩打ちが意味を持ってくる。本譜は8二玉でしたが——〉

徐々に口調が速くなり、声のトーンが上がっていく。

そのまま、ほとんどまくし立てるように符号を口にし続け、途中で一瞬言葉を止め、隣にいる生田に〈1六香は〉と投げかけた。生田は報道陣をちらりと見てほんの少し戸惑いを表したものの、口頭で手を返し、国芳がさらに符号を積み重ねていく。

まるで、唐突に感想戦が始まってしまったかのようだった。

敗着はどこにあったのか、どの手を変えていればどう盤上の光景が変わったか。無数の分岐に光を当て、対局者自身がたった今終えたばかりの戦いについて検討する——それは将棋における伝統の一つだが、考えてみれば異様な行為だ。

対局中は各々《おのおの》の頭脳に閉じ込めていた思考を解放し、敗者の傷を抉《えぐ》りながら協力して可能性を掘り起こす。

何手目について考えよう、と話し合うこともなく、暗黙の了解のように問題の局面に戻り、片方が本譜と異なる手を指せば瞬《また》く間にその後の展開が盤上に編み上げられていく。

彼らの頭の中には、棋譜だけでなく、対局中に思考に浮かんだ分岐までもが完全に記憶されている。

だから、周囲には到底追いつけないような速さで会話が成り立つのだ。兼春としても、対局自体よりもむしろわかりやすい形で彼らの超人ぶりがうかがえる感想戦を中継で見るのは好きだった。だが、今は記者会見の場であり——そもそも、この対局の感想戦は先ほど既に終わっているのだ。

おそらく、この会見のために感想戦を早く切り上げることになり、検討し足りなかった部分が局面を思い返したことで噴出してきてしまったのだろう。

しかし、周囲にいる人間のほとんどが理解できない言葉を饒舌《じょうぜつ》に語る国芳の姿は、二十二年もの間、将棋界の頂点に君臨し続け、絶対王者として神格化さえされてきた大ベテランのものではなかった。

少なくとも兼春の記憶にある国芳英寛は、常に穏やかで理知的な人格者として振る舞い続けてきた。

今は弟子とのタイトル戦の直後ということもあり、精神が高揚しているのだろう。ただ、それでもこれは——きっと、ずっと彼の核にあった姿なのだ。

将棋が好きで好きで好きすぎて、一般的な社会人が歩む道をすべて切り捨てて将棋にのめり込み、頂点に立って何年経とうが満たされることも飽きることもなく、まだ新しい一手にここまで目を輝かせられる人間。

これだけプレッシャーがかかる立場に置かれていながら、勝敗に飲み込まれることなく、将棋を愛し続けていられる異常な精神。

国芳には、目的も目標も必要ない。ただ見たことがない光景を目にしたいというだけで、自分を、戻るべき足場を躊躇いなく壊せる。

その熱量が、狂気でなくて何なのか。

〈では、今回の対局は、素晴らしい恩返しだったと〉

取材者がまとめるように言うと、国芳はしゃべりすぎたことに気づいたのか、恥じるように目を伏せ、〈ええ、そうですね〉とわずかに上ずった声のまま答えた。

〈これ以上の恩返しはないでしょう〉

国芳が、隣の生田と視線を合わせた瞬間、待ちに待ったように一斉にフラッシュが焚《た》かれる。

画面から溢《あふ》れてくる昂《たか》ぶりに照らされながら、兼春は腹の底で何かが蠢《うごめ》くような感覚を覚えた。

――この人の目に、晒《さら》されたのだ。

この、誰もがかなわないほどの将棋への狂気を持った男が、自分の駒を検分した。

その意味が、深く、身体の内側に突き刺さってくる。

タイトル戦で使われる駒に選ばれるかどうかは、一つの結果に過ぎないのだと思っていた。

自分はあくまでも依頼主のために駒を作っているのであって、いくらタイトル戦の駒検分が晴れの場だからと言ってそれに一喜一憂するのは間違っているのだと。

だが——そうではなかった。

自分は、動揺してよかったのだ。なぜ選ばれなかったのかととことん悩み、執念深く理由を探ればよかった。

なぜなら、これは結果などではなく——手段なのだから。

自分の枠を壊し、駒で創り出せる世界を、その可能性を広げてくれる機会。

だから、本当の理由が何かなんてことは、初めからどうでもいいことだった。

それでは次に、初戴冠《はつたいかん》となった生田新棋将に、という司会のアナウンスと同時に、兼春は席を立った。

大股《おおまた》で進み、工房として使っている自室に入る。

作業台の上にあった彫り途中の駒を奥へよけ、新しい駒木地を取り出した。

椅子《いす》を引き、座りながら印刀と彫り台を手に取る。

目を閉じて長く息を吐き出すと、波が引いていくように、心が静かに透き通っていく。

兼春はまぶたを上げ、刃先を、まだ何も刻まれていない木の欠片《かけら》へと押し込んだ。

本作品の執筆にあたり、多くの方に取材をお受けいただき、様々な書籍、雑誌、WEBサイト、そして棋戦からたくさんの刺激を受けました。

「ミイラ」は若島正先生から貴重なインスピレーションを賜り、作中に登場する詰将棋作品もご提供いただきました。

「弱い者」「神の悪手」「盤上の糸」については、日本将棋連盟の棋士・飯塚祐紀《ひろき》八段が監修してくださり、棋譜考案にお力添えいただきました。

「恩返し」は駒師《こまし》の掬水《きくすい》氏から有益なご助言を頂戴《ちょうだい》しました。

また、全編を通して朝日新聞の村瀬信也氏に監修をお願いしました。

当時報知新聞社にいらした北野新太氏からお話をうかがえたこと、安野貴博氏からAIについてご教授いただけたことも非常に参考になりました。

第七十八期名人戦第一局の観戦記を担当し、豊島将之《まさゆき》名人・渡辺明三冠の対局前検分、対局、感想戦を間近で拝見でき、福崎文吾九段、杉本昌隆八段、澤田真吾七段、高田明浩四段、毎日新聞の丸山進氏からお話をうかがえたことも、得難い経験だったと思っております（タイトルは当時、段位は二〇二四年三月現在）。

お世話になった皆様に、改めて心より御礼申し上げます。

なお、本作品中に誤りがありましたら、その責はすべて筆者にあるものです。

解　説

斜線堂有紀

芦沢央が将棋を題材に採る、と聞いた時、腑《ふ》に落ちる感覚があった。勿論《もちろん》、芦沢先生の将棋愛は本物で、好きなものを存分に書いたのだとは分かるのだが、それにしてもこれほど相性の良い題材も無い、と思った。それゆえ、この『神の悪手』が発表された時、これは芦沢央の最高傑作になるだろうと期待した。果たして『神の悪手』は傑作となったわけであるが、まずはその相性の良さについて書いていきたい。

芦沢作品の真髄といえば、人間心理に深く切り込んだ思いがけないワイダニットである。魅力的かつ真相が想像出来ない謎《なぞ》をまず提示し、誰もが理解出来る、身近で触れたことのある感情で繙《ひもと》く。代表作である『許されようとは思いません』では、一つの殺人事件と不可解な「許されようとは思いません」という言葉を謎に採り、読者を翻弄《ほんろう》するものの、解決編では読者に「そういうことならこの動機にも納得がいく」と呑《の》み込ませてくれる。あるいは日本推理作家協会賞を受賞した『夜の道標』では、生徒や保護者から慕われていた塾講師がよりによって元教え子に殺されてしまう事件が描かれる。芦沢作品において「殺される理由が無いはずの」という枕詞《まくらことば》は、思いもよらない真相に連れて行ってくれる切符のようなものだ。それでいて、結末に辿《たど》り着いてみると、こういった事件が起こるのも無理はないと思わせてくれるのである。このように、芦沢央のミステリはサプライズと納得を徹底的に両立させるのだ。その納得出来る真相の中に深い人間心理があるから、読者は芦沢作品に芯《しん》から嵌《は》まり込むのだろう。人間は人間の心に興味があってたまらず、その輪郭に触れる方法を探し続けているのだから。

ここまで聞くと、私が言う芦沢央作品と将棋との相性の良さについて納得がいくのではないかと思う。何故《なぜ》なら、将棋とは盤上に人の心を再現する試みに他ならないからである。

とはいえ私は将棋のことに詳しくない。ルールは知っているし、たどたどしく指すことは出来るものの、その魅力の真髄に気付けてはいない。作中の表現を借りるなら「視界に収まるほど小さな八十一マスの上で、文字が書かれた駒《こま》を動かし合うだけのゲーム」として認識していたのである。それが『神の悪手』を読み終えた後は先述のような認識に変化した。
私の認識を変えた五編に、それぞれ触れていきたい。
※ここから先は本編の結末に触れています。本編読了後にお読みください。
まずは「弱い者」である。棋士の北上が避難所で出会った、才能溢《あふ》れる少年が抱える秘密を扱った本作では、どうして最良の手を指さなかったのか？　という謎が提示される。いわゆる「悪手」から、指し手が今の対局とは別の戦いに身を投じていることが明らかになる。たった一つの事実が開示されることによって、物語の構造ごとガラッと変わるこの短編は、さながら戦局を変える妙手のようでもある。読者はその悪手が最善の一手であったことを、後から知ることが出来るのだ。

この短編とある意味で対照的なのが二編目であり表題作の「神の悪手」である。うっかり奨励会の先輩を殺してしまった啓一は、奇《く》しくも自身が人生を懸けている将棋によって罪を逃れる方法を思いつく。将棋という競技の特殊性のお陰で成立するこの手は、神が味方をしているかのような美しい逃れ方である。だが啓一は、普通なら絶対に選ばない選択肢を選んでしまう。まさしく「悪手」を指すのだ。しかし、その悪手は彼の人生と矜持《きょうじ》を一手に担《にな》っているのである。

これが表題作となっているのは、単に凄《すさ》まじく出来が良いからというわけではないと思う。ミステリの観点でいえば悪手に他ならない啓一の一手は、将棋にすべてを捧《ささ》げてきた彼にとっては紛れもなく最善手なのである。このように、客観的な事実がどうあれ、人間の心によって悪手と最善手は簡単に反転する。その人の人生を受けることで、悪手が容易《たやす》く意味を変えるのが芦沢央の描く将棋である。だからこそ、それを最もよく示したこの作品が表題作となったのだろう。

少年が作った奇妙な詰将棋に隠された真相に迫る「ミイラ」は、最も芦沢先生らしい作品とも言えるかもしれない。才能の芽がありそうな少年が、どう見ても成立していない詰将棋を作ってくるのは何故か？　一問の詰将棋に覚えた違和感が、新興宗教団体で育ってしまった彼の価値観と悲劇的な事件の真相を暴《あば》いていくこととなる。

この短編では更に深く将棋のことが描かれる。実際に詰将棋の問題が掲載され、読者はそれを解きながら物語を追うことが出来るのだ。私の将棋スキルは前述の通り素人《しろうと》なので、詰将棋についてはさっぱりだった。それなのに、作品自体は問題なく楽しめるのが凄《すご》いところである。

『神の悪手』では、私のような将棋に詳しくない人間、あるいは全く将棋のルールを知らない人間であっても楽しめる将棋ミステリ、という離れ業を五編通じてやってのけているのだ。こんな離れ業が可能になるのも、私達が盤上で向き合わされるのが、心という最も身近で最も扱いづらく、最も興味を引く代物《しろもの》だからだろう。心を導線に、私達は知識の深度に拘《かかわ》らず将棋の世界にどっぷりと浸《つ》かることが出来る。

四編目の「盤上の糸」は、近年ＳＦの分野でも傑作を発表し続けている芦沢先生の感性の鋭さが光る一編だ。

この短編を読んで「作家の読書道」第１８３回インタビュー（「ＷＥＢ本の雑誌」）での芦沢先生での発言を思い出した。以下はその引用である。

> 人と人の付き合いって、ずっと分かりあえることってなかなかないし、それでも分かり合えることを求めてしまうのは悪いことではなくて、だからこそ辛《つら》いじゃないですか。だからその一瞬の救われる瞬間にガツンとやられてしまうんですよね。

この短編集ではその瞬間が頻繁に訪れているのだ、と「盤上の糸」を読んで気付かされた。破滅的であり絶望的な場面であっても、それは将棋というツールを使って救われる瞬間でもあるのだ。前述の「ミイラ」は、今まで生きてきた世界のルールから放り出され、知らない世界のルールに順応する必要に迫られる少年の話であるが、彼と新しい世界の融和は彼の愛した将棋によって行われる。「盤上の糸」でも、まるで違った世界の捉《とら》え方をしている二者は盤上を介してのみ互いを理解し合う。本作の大仕掛けはその二人の対局に絡《から》む別の糸——恐らくは一本ではない糸の存在ではあるが、それにより盤上で対峙《たいじ》する二人の奇跡がより際立《きわだ》っているように思う。

最後を飾る「恩返し」の謎が、本作で一番魅力的かつ複雑な謎だろうと思う。こちらは将棋という競技を支える駒を作る駒師に焦点を当てた物語だ。中堅駒師である兼《かね》春《はる》の作った駒が、誉れある棋将戦に用いる駒の候補に挙げられる。他の駒候補には兼春の師匠・白峯《はくほう》が作った駒も挙がっていた。当然ながら技量の違いに雲泥《うんでい》の差がある二つの駒だったが、何故か選ばれたのは兼春の駒だった。加えて、駒を選んだ棋士は駒に造詣《ぞうけい》の深いベテランの棋士・国芳《くによし》なのだ。考えれば考えるほど、兼春の駒が選ばれる理由がない。この謎を深めるように、すんでのところで国芳棋将は白峯の駒を選び直す。一体国芳の中にいかなる葛藤《かっとう》があって駒は選び直されたのか。

こういう思いがけないところから生まれる謎が一番好きだ。人間ドラマがあるところには必ずミステリが生まれるという持論があるのだが、それを極限まで表している理想の短編だ。駒を通して、国芳という棋士の心の内が露わになっていく。そうして最後に示されるのは、一つの道を極めようとする者の核だ。

余談だが、私は作家としては芦沢央の後輩に当たる。芦沢先生には私生活でも大変お世話になっており、様々な面で尊敬している。だからこそ「恩返し」を読んだ時、震えた。恐らくは、国芳棋将の将棋へのひたむきさは、作家・芦沢央の小説に懸ける熱に等しいからだ。今でもその才覚を十二分に発揮し、多方面で高い評価を受けていてもなお、芦沢先生の向上心は留まることを知らない。入念な取材を重ね、小説に向き合い続け、高い筆力で以《もっ》て素晴らしい作品を生み出し続ける。これからも長く続くだろうキャリアの中で、きっとその情熱が絶えることはなく、安穏としている後進作家など容易く置いて行って更なる高みに向かってしまう。「恩返し」を読んで、私は痛いほどそれを理解した。この時代に作家をやるということは、同じ盤上に芦沢央がいることを覚悟することでもあるのだ。そのことを、この短編集を読み終えて考えていた。

この一冊は芦沢ミステリの魅力が詰まった入門編——入りやすい初手でもあり、これからの芦沢央を暗示する未来への一手でもある。私はこれからも生み出されていく物語を棋譜のように読み解きながら、その才能に期待と畏《おそ》れを抱き続けるのだろう。

私は、この偉大な作家と同時代に生まれ、こうして解説を書かせて頂けたことを誇りに思う。

（二〇二四年四月、作家）

この作品は二〇二一年五月新潮社より刊行された。

芦沢　央著
許されようとは思いません
入社三年目、いつも最下位だった営業成績が大きく上がった修哉。だが、何かがおかしい。どんでん返し100％のミステリー短編集。

芦沢　央著
火のないところに煙は
静岡書店大賞受賞
神楽坂を舞台に怪談を書きませんか――。作家に届いた突然の依頼が、過去の怪異を呼び覚ます。ミステリと実話怪談の奇跡的融合！

川上弘美著
おめでとう
忘れないでいよう。今のことを。今までのことを。これからのことを――ぽっかり明るくしんしん切ない、よるべない十二の恋の物語。

彩瀬まる著
草原のサーカス
データ捏造に加担した製薬会社勤務の姉、仕事仲間に激しく依存するアクセサリー作家の妹。世間を揺るがした姉妹の、転落後の人生。

伊坂幸太郎著
重力ピエロ
ルールは越えられるか、世界は変えられるか。未知の感動をたたえて、発表時より読書界を圧倒した記念碑的名作、待望の文庫化！

奥泉　光著
死神の棋譜
将棋ペンクラブ大賞文芸部門優秀賞受賞
名人戦の最中、将棋会館に詰将棋の矢文を持ち込んだ男が消息を絶った。ライターの〈私〉は行方を追うが。究極の将棋ミステリ！

窪 美澄著
トリニティ
織田作之助賞受賞
ライターの登紀子、イラストレーターの妙子、専業主婦の鈴子。三者三様の女たちの愛と苦悩、そして受けつがれる希望を描く長編小説。

小池真理子著
神よ憐れみたまえ
戦後事件史に残る「魔の土曜日」と同日、少女の両親は惨殺された――。一人の女性の数奇な生涯を描ききった、著者畢生の大河小説。

越谷オサム著
陽だまりの彼女
彼女がついた、一世一代の嘘。その意味を知ったとき、恋は前代未聞のハッピーエンドへ走り始める――必死で愛しい13年間の恋物語。

五条紀夫著
クローズド
サスペンスヘブン
俺は、殺された――なのに、ここはどこだ？天国屋敷に辿りついた6人の殺人被害者たち。「全員もう死んでる」特殊設定ミステリ爆誕。

桜木紫乃著
ふたりぐらし
四十歳の夫と、三十五歳の妻。将来の見えない生活を重ね、夫婦が夫婦になっていく――。夫と妻の視点を交互に綴る、連作短編集。

「新潮45」編集部編
殺人者はそこにいる
―逃げ切れない狂気、非情の13事件―
視線はその刹那、あなたに向けられる……。酸鼻極まる現場から人間の仮面の下に隠された姿が見える。日常に潜む「隣人」の恐怖。

篠田節子著　長女たち

恋人もキャリアも失った。母のせいで――。認知症、介護離職、孤独な世話。我慢強い長女たちの叫びが圧倒的な共感を呼んだ傑作！

重松清著　きみの友だち

僕らはいつも探してる、「友だち」のほんとうの意味――。優等生にひねた奴、弱虫や八方美人。それぞれの物語が織りなす連作長編。

清水潔著　殺人犯はそこにいる
―隠蔽された北関東連続幼女誘拐殺人事件―
新潮ドキュメント賞・日本推理作家協会賞受賞

5人の少女が姿を消した。冤罪「足利事件」の背後に潜む司法の闇。「調査報道のバイブル」と絶賛された事件ノンフィクション。

白尾悠著　いまは、空しか見えない
R-18文学賞大賞・読者賞受賞

あなたは、私たちは、全然悪くない――。暴力に歪められた自分の心を取り戻すため闘う少女たちの、希望への疾走を描く連作短編集。

杉井光著　世界でいちばん透きとおった物語

大御所ミステリ作家の宮内彰吾が死去した。『世界でいちばん透きとおった物語』という彼の遺稿に込められた衝撃の真実とは――。

須賀しのぶ著　紺碧の果てを見よ

海空のかなたで、ただ想った。大切な人を。戦争の正義を信じきれぬまま、自分らしく生きたいと願った若者たちの青春を描く傑作。

橋本長道著
覇王の譜

王座に君臨する旧友。一方こちらは最底辺。棋士・直江大の人生を懸けた巻き返しが始まる。元奨励会の作家が描く令和将棋三国志。

町田そのこ著
夜空に泳ぐチョコレートグラミー
R－18文学賞大賞受賞

大胆な仕掛けに満ちた「カメルーンの青い魚」他、どんな場所でも生きると決めた人々の強さをしなやかに描く五編の連作短編集。

真梨幸子著
初恋さがし

忘れられないあの人、お探しします。ミツコ調査事務所を訪れた依頼人たちの運命の行方は。イヤミスの女王が放つ、戦慄のラスト！

宮部みゆき著
魔術はささやく
日本推理サスペンス大賞受賞

それぞれ無関係に見えた三つの死。さらに魔の手は四人めに伸びていた。しかし知らず知らず事件の真相に迫っていく少年がいた。

三浦しをん著
風が強く吹いている

目指せ、箱根駅伝。風を感じながら、たすき繋いで、走り抜け！「速く」ではなく「強く」——純度100パーセントの疾走青春小説。

道尾秀介著
向日葵の咲かない夏

終業式の日に自殺したはずのS君の声が聞こえる。「僕は殺されたんだ」。夏の冒険の結末は。最注目の新鋭作家が描く、新たな神話。

横山秀夫著
ノースライト

誰にも住まれることなく放棄されたY邸。設計を担った青瀬は憑かれたようにその謎を追う。横山作品史上、最も美しいミステリ。

米澤穂信著
満願
山本周五郎賞受賞

磨かれた文体と冴えわたる技巧。この短篇集は、もはや完璧としか言いようがない――。驚異のミステリー3冠を制覇した名作。

O・ヘンリー
小川高義訳
賢者の贈りもの
―O・ヘンリー傑作選I―

クリスマスが近いというのに、互いに贈りものを買う余裕のない若い夫婦。それぞれが一大決心をするが……。新訳で甦る傑作短篇集。

J・カンター
M・トゥーイー
古屋美登里訳
その名を暴け
―#MeTooに火をつけたジャーナリストたちの闘い―

ハリウッドの性虐待を告発するため、女性たちは声を上げた。ピュリッツァー賞受賞記事の内幕を記録した調査報道ノンフィクション。

P・ギャリコ
矢川澄子訳
雪のひとひら

愛の喜びを覚え、孤独を知り、やがて生の意味を悟るまで――。一人の女性の生涯を、雪の結晶の姿に託して描く美しいファンタジー。

J・M・ケイン
田口俊樹訳
郵便配達は二度ベルを鳴らす

豊満な人妻といい仲になったフランクは、彼女と組んで亭主を殺害する完全犯罪を計画するが……。あの不朽の名作が新訳で登場。

神《かみ》の悪《あく》手《しゅ》

新潮文庫　あ－97－3

令和六年六月一日発行

著者　芦《あし》沢《ざわ》央《よう》
発行者　佐藤隆信
発行所　株式会社　新潮社
郵便番号　一六二—八七一一
東京都新宿区矢来町七一
電話　編集部(〇三)三二六六—五四四〇
　　　読者係(〇三)三二六六—五一一一
https://www.shinchosha.co.jp

価格はカバーに表示してあります。
乱丁・落丁本は、ご面倒ですが小社読者係宛ご送付ください。送料小社負担にてお取替えいたします。

印刷・大日本印刷株式会社　製本・加藤製本株式会社

ISBN978-4-10-101433-3 C0193